KB078389

天山樓

천산루

조도형 新무협 판타지 소설

FANTASTIC ORIENTAL HEROES

천산루 8

조돈형 新무협 판타지 소설

초판 1쇄 찍은 날 § 2015년 5월 22일
초판 1쇄 펴낸 날 § 2015년 5월 29일

지은이 § 조돈형
펴낸이 § 서경석

편집책임 § 박은정

펴낸곳 § 도서출판 청어람
등록번호 § 제387-1999-000006호
등록일자 § 1999. 5. 31
어람번호 § 제2-2591호

주소 § 경기도 부천시 원미구 부일로 483번길 40 서경B/D 3F (우) 420-822
전화 § 032-656-4452 팩스 § 032-656-4453
http://www.chungeoram.com
E-mail § chungeorambook@daum.net

ISBN 979-11-04-90252-9 04810
ISBN 979-11-316-9083-3 (세트)

天山樓

천산루

조도형 新무협 판타지 소설

8

FANTASTIC ORIENTAL HEROES

도서출판 청어람

天山樓

천산루

56장

의외의 동행(同行)

"지원해야 하는 것 아닐까?"

진유검 일행과 몽월단의 싸움이 막 시작하려는 순간, 조금 떨어진 숲에서 은밀히 싸움을 지켜보던 안궁(安弓)이 긴장된 어조로 물었다.

"지원? 그럴 필요는 없잖아. 어느 쪽이 이겨도 피해는 막심할 것 같은데 아예 그때를 노리는 것이 낫지."

하도해(夏桃海)는 잔뜩 긴장한 안궁과는 달리 마치 불구경을 하는 아이처럼 신난 얼굴을 하고 있었다.

"흠, 그런가? 어떻게 생각해?"

고개를 갸웃거린 안궁이 흑진주 같은 눈망울을 반짝이며 전장을 살피는 단우린(單于璘)에게 물었다.

"어느 쪽이 이길 것 같은데?"

단우린이 전장에 시선을 고정한 채 되물었다.

"글쎄, 수호령주의 실력이 대단하다는 것은 알지만 몽월 단인가 하는 놈들의 실력도 만만치 않아. 특히 몽월단주의 실력은 우리도 인정하지 않을 수 없을 정도고."

단우린이 고개를 끄덕였다.

"루외루 쪽이 이긴다는 말이네. 안 숙부는?"

"난 생각이 다르다. 수호령주도 수호령주지만 천강십이 좌라면 무황성에서도 특별하게 생각할 정도로 뛰어난 고수들이야. 그들이 어느 정도 역할만 해준다면 몽월단은 수호 령주를 감당할 수 없다고 본다."

안궁은 이미 승부가 결정이라도 난 듯 단정하여 말했다.

그제야 고개를 돌린 단우린이 조금은 의외라는 표정으로 다시 물었다.

"몽월단주가 있는데도?"

"음, 강한 건 분명해. 하지만 수호령주에 비하면……."

수호령주를 언급하는 안궁의 안색이 급격히 흐려지자 하도해가 심드렁한 표정으로 손을 내저었다.

"됐고. 선택은 전적으로 네 몫이다. 우리는 그저 네 말을 따라 움직일 뿐."

"만약 우리가 몽월단을 돕는다면?"

"필승이지."

하도해의 단언에 안궁이 제동을 걸었다.

"오 할의 승률이라고 본다."

"생각을 좀 해봐야겠네."

단우린이 다시 전장으로 고개를 돌리자 안궁과 하도해는 애정이 듬뿍 담긴 눈으로 그녀의 뒷모습을 바라보는 서로를 확인하곤 웃음 지었다.

진지한 얼굴로 싸움을 지켜보던 단우린은 위기에 빠진 곽종이 전풍의 도움으로 위기를 벗어나는 모습에 찬탄을 내뱉고는 자신의 대답을 기다리는 안궁과 하도해를 돌아보며 말했다.

"그만둬야겠어."

"어째서?"

하도해가 반사적으로 물었다.

"객관적으론 하 숙부의 말이 맞는 것 같은데 이상하게 느낌이 좋지 않아. 여자의 직감이라고 해두지."

"여… 자의 직감이라."

단우린의 눈꼬리가 치켜 올라가자 하도해가 슬그머니 고개를 돌리며 말했다.

"뭐, 네가 그렇다면 그런 것이겠지. 어차피 싸울 생각도 없었어, 난."

물론 싸운다면 필승을 자신할 수 있었지만 하도해는 단우린의 결정에 눈곱만큼의 반발도 하지 않았다.

잠시 후, 진유검에 의해 몽월단주와 몽월단이 박살이 나는 광경을 전율스런 마음으로 지켜보게 된 그들은 자신들이 싸움에 개입하지 않은 것이 얼마나 현명한 판단인지를 몸서리치게 깨달을 수 있었다.

[네 직감이 우리… 를 살… 렸다.]

단우린에게 전음을 보내는 하도해의 음성에 은은한 떨림이 느껴졌다.

[우리가 도왔다면 어땠을까?]

[솔직히 불가능했을 것 같다. 처음엔 자신이 있었는데 막상 수호령주의 실력을 보니…….]

[지금껏 알려진 그의 실력도 제대로 알려진 것이 아니다. 정말 대단한 무위였어. 단언컨대 오직 사부님만이 저자와 검을 섞을 수 있을 것 같구나.]

안궁은 몽월단주를 몰아붙일 때 보여주었던 진유검의 실력을 상기하며 몸을 부르르 떨었다.

[인정하기 싫지만 나도 같은 생각이다. 정말 괴물 같은 놈이야.]

패배감 때문인지 하도해가 입술을 꽉 깨물 때였다.

"이쯤하고 나와라. 언제까지 그곳에 숨어 있을 생각이지?"

갑작스레 들려온 진유검의 음성에 세 사람의 안색이 확 변했다.

[눈치챘다.]

[젠장, 그의 실력이라면 무리도 아니지.]

[어쩌지?]

단우린이 당황한 빛으로 물었다.

[그 또한 네 선택이다.]

안궁이 말했다.

하도해가 검갑을 움켜쥐며 단우린의 어깨를 짚었다.

[도망친다면 너는 살릴 수 있다.]

단우린의 눈동자가 마구 흔들렸다.

[숙부들은?]

[모두는 불가능하다. 누군가는 남아서 저자를 상대해야 해.]

[됐어. 그럴 바엔 차라리…….]

[잘 생각해라. 저자가 어찌 나올지 모른다.]

하지만 진유검은 생각할 여유를 주지 않았다.

"경고하지. 지금 당장 모습을 보이는 것이 좋을 거다."

진유검의 기세가 폭발적으로 전해지자 입술을 꼬옥 깨문 단우린이 안궁과 하도해를 가만히 바라보았다.

[일단 부딪쳐 보지 뭐.]

단우린은 안궁과 하도해가 말릴 사이도 없이 벌떡 몸을 일으켰다.

낭패한 표정으로 일어난 안궁과 하도해가 그녀의 좌우를 지켰다.

"누구냐, 너희는?"

진유검의 차갑고 무심한 음성에 안궁과 하도해는 심장이 오그라드는 느낌을 받았다.

스스로의 실력에 대한 자부심이 하늘을 찌르던 그들로선 실로 어이가 없는 일이었으나 방금 전 확인한 수호령주의 실력은 그들이 합공을 한다고 해도 감당할 수 있는 것이 아니었다.

잔뜩 긴장한 안궁과 하도해에 비해 단우린은 의외로 담담한 기색이다.

"하란산장(夏蘭山莊)의 단우린이라고 해요. 이분들은 제 숙부들이고요."

"안궁이라 하오."

"하도해요."

안궁과 하도해가 정중하게 포권을 했다.

"소문으로만 듣던 수호령주를 만나게 되어 영광이네요."

진유검은 상대가 이렇듯 순순히 자신들의 정체를 밝히리라곤 생각하지 못한 듯했다. 다만 하란산장이란 이름을 들어본 적이 없었다.

진유검이 임소한 등을 향해 고개를 돌렸다.

혹시나 하란산장에 대해 아는 것이 있느냐는 그의 눈빛에 모두 고개를 저었다.

하란산장이란 이름을 들었을 때부터 뭔가를 골똘히 생각하던 어조인이 조심스레 입을 열었다.

"혹, 섬서 북부의 초원을 휩쓸고 다니며 약탈을 일삼던 백랑단(白狼團)을 쓸어버린 분들이 아닙니까?"

"백랑단을 아시네요? 워낙 외진 곳에서 벌어진 일이라 대부분 모르시던데."

하란산장을 아는 사람을 만난 것이 기뻤는지 단우린이 반색을 하며 되물었다.

"무황성의 눈은 천하를 덮습니다."

어조인이 어깨를 으쓱거리자 곽종이 어이없다는 표정으로 말했다.

"천하를 덮는다라. 근래에 벌어지는 일을 생각하면 그런 말은 낯간지럽지 않을……."

곽종은 말을 채 잇지 못하고 검붉은 피를 왈칵 토해냈다.

"괜찮아?"

깜짝 놀란 여우희가 곽종을 부축하며 물었다.

"꽤, 괜찮소."

말은 그리해도 곽종의 부상은 누가 봐도 심각해 보였다.

여우희에게 곽종을 돌보라는 눈빛을 보낸 진유검이 단우린을 향해 입을 열었다.

"그 먼 곳에 계시는 분들이 이곳까진 어인 일이오?"

"우연찮게……."

진유검이 단우린의 말을 끊으며 질문을 이어갔다.

"무엇보다 이상한 것은 당신들의 실력이오."

"무슨 뜻이에요?"

단우린이 미간을 살짝 찌푸리며 되물었다.

"두 사람의 실력은 천강십이좌에 비해 결코 뒤지지 않소. 아니, 엄밀히 말하면 오히려 능가하는 것 같구려. 소저의 실력 또한 그에 못지않고. 그런데 어째서 난 저들은 하란산장에 대해 들어본 적이 없는 것인지 이해가 되지 않소. 어지간한 문파 따위는 이름도 내밀지 못할 실력자들을 보유한 곳인데 말이오."

"식솔이 몇 되지 않아요. 딱히 실력을 내세울 생각이 없기도 하고. 백랑단이 아니었으면 지금도 조용히 초야에 묻혀 지냈을걸요. 하지만 그거 하나는 확실해요."

진유검을 똑바로 응시하는 단우린이 안궁과 하도해를 돌아보며 자부심이 가득한 음성으로 말을 이었다.

"숙부들의 실력만큼은 령주께서 인정하실 정도로 대단하다는 것이요."

"부인하지 않겠소."

진유검이 고개를 끄덕였다.

[아무래도 수상합니다.]

날카로운 눈빛으로 단우린 일행을 살피던 임소한이 은밀히 전음을 보내왔다.

[그녀 말대로 섬서 북부에 하란산장이 있고 몇 해 전 백랑단을 섬멸했다는 것은 제 기억에도 남아 있는 것으로 보아 사실 같습니다. 하나 저들의 실력을 보십시오. 솔직히 자신이 없을 정도로 강해 보입니다. 저런 자들이 지금껏 알려지지 않았다는 것이 영 믿기지가 않습니다.]

[수상하긴 합니다만 적이라 단정하기도 애매하군요. 그랬다면 루외루 놈들이 당할 때 지켜만 보고 있지는 않았을 테니까요. 저자들이 놈들과 힘을 합쳤다면 상당히 어려운 싸움이 되었을 겁니다.]

임소한의 표정이 딱딱히 굳었다.

몽월단만으로도 전풍이 생사를 넘나드는 부상을 당했고

곽종 또한 심각한 상태였다.

만약 진유검 말대로 하란산장의 식솔이라 주장하는 눈앞의 고수들이 싸움에 참여했다면 상상만으로도 끔찍한 일이 벌어졌을 것이다.

물론 진유검의 실력을 감안했을 때 최종적인 결과야 변하지는 않으리란 확신이 있었지만.

[그래도 분명 수상하긴 합니다.]

[일단 두고 보죠.]

전음을 마친 진유검이 고개를 돌리자 단우린이 전음이 끝나기를 기다렸다는 듯 입을 열었다.

"어쨌든 놀랐다면 미안해요. 그럴 의도는 아니었는데 상황이 이상하게 꼬였네요."

"한데 어쩌다 이곳까지 온 것입니까? 놈들을 뒤쫓아 온 것입니까?"

"아니요. 사흘 전, 하문에 계신 외조부님을 뵈러 가는 길에 우연히 만났어요. 평소라면 관심을 가질 이유가 없지만 무인으로서 무림삼외 중 하나인 루외루의 힘을 직접 확인할 수 있는 기회를 놓칠 수 없었다고나 할까요."

단우린이 시신들을 둘러보며 말을 이었다.

"암중으로 무림을 노리는 세력답게 저들의 능력은 대단했어요. 하지만 그보다 더 대단했던 것은 저들을 몰살시킨

령주님과 천강십이좌의 힘이었지요. 비록 긴 생애는 아니었지만 방금 전의 싸움처럼 충격적인 장면은 단 한 번도 경험해 보지 못한 것이었으니까요."

단우린은 진정 감탄했다는 눈빛으로 진유검의 얼굴을 뚫어져라 바라보았다.

그녀의 눈빛에서 약간의 어색함을 느낀 진유검이 슬쩍 고개를 돌렸다.

"그런데 저분 부상이 심상치 않더군요. 제가 잠시 살펴봐도 될까요?"

단우린이 죽은 듯 누워 있는 전풍을 가리키며 말했다.

"의술을 아시오?"

진유검의 목소리가 커졌다.

"의술이라고 할 정도로 대단한 것은 아니지만 몇 가지 침술은 알고 있어요."

임소한이 슬며시 고개를 저었지만 자신이 지켜보는 상황에서 딴짓을 하지는 못할 것이라는 생각과 그녀의 음성에서 자신감을 느낀 진유검이 정중히 부탁했다.

"폐가 되지 않는다면 부탁하겠소."

"그 부탁, 받아들이지요."

부드럽게 웃은 단우린은 분위기상 일단 위기를 넘겼다고 여기면서도 여전히 불안한 얼굴로 추이를 지켜보고 있는 안궁을 향해 손을 내밀었다.

"숙부, 그것 좀 꺼내줘."

"그… 거? 아, 알았다."

살짝 당황한 빛을 보이던 안궁이 메고 있던 봇짐을 풀러 조그만 목함을 꺼내 들었다.

뚜껑을 열자 금으로 장식된 침통과 몇 가지 약초, 환약이 모습을 드러냈다.

단우린은 약초 두 뿌리와 환약 하나를 꺼냈다.

"저분의 부상도 상당하던데 이 약을 복용시키고 약초를 으깨 상처에 바르면 효과가 있을 거예요."

단우린이 여우희가 돌보고 있는 곽종을 가리키며 목합에서 꺼낸 약초와 환약을 건넸다.

'자엽초(紫葉草)다.'

의술에 조예가 깊었던 작은할아버지와 덕에 나름 뛰어난 식견을 갖춘 진유검은 단우린이 건넨 약초가 무엇인지 단번에 알아봤다.

어지간한 외상은 하루 만에 완치시킨다는 명약 중의 명약.

그저 슬쩍 물에 담갔다가 빼기만 해도 그 물이 어지간한 금창약보다 효과가 좋다고 할 정도로 대단하지만 구하기가 쉽지 않고 값 또한 상상할 수 없을 정도로 비싼 약초가 다름 아닌 자엽초였다.

단우린이 준 약초가 자엽초임을 확인한 진유검은 임소한에게 자엽초와 환약을 건네며 고개를 끄덕였다.

확신에 찬 진유검의 모습에도 불안감을 감추지 못했던 임소한은 자신의 손에 든 자엽초와 환약을 보며 인상을 구기고 있는 안궁과 하도해의 얼굴을 확인하곤 슬쩍 몸을 뺐다.

안궁과 하도해의 반응이 음모나 암계를 꾸몄을 때의 불안함과 초조함이 아니라 뭔가 귀한 것을 어쩔 수 없이 내주게 되었을 때의 아쉬움과 안타까움이라는 것으로 약초와 환약의 효과를 확신한 것이다.

죽은 듯 감겼던 전풍의 눈이 천천히 떠졌다.

때마침 솟아오른 아침 햇살에 전풍이 오만상을 찌푸렸다.

신경질적으로 손을 들어 빛을 가리려는 찰나, 극통이 밀려왔다.

"악!"

"움직이지 마라. 아직 시술이 끝나지 않았다."

진유검의 음성이 들려왔다.

"시, 시술이요?"

애써 고통을 참으며 눈동자를 굴린 전풍은 자신의 전신에 빼곡히 박힌 금침을 확인했다.

"이게 다 뭐랍니까?"

전풍이 영문 모를 표정으로 묻자 단우린이 건네준 자엽초와 환약 덕분에 어느새 한결 상세가 좋아진 곽종이 다가오며 말했다.

"뭐긴 뭐냐? 염라대왕 앞으로 직행하려던 네 명줄을 잡아주려는 것이지."

"염라… 대왕? 아, 그러고 보니."

전풍은 그제야 괴물처럼 강했던 몽월단주를 떠올렸다.

마지막으로 펼쳤던 연화장을 끝으로 기억이 나지 않는 것을 보면 싸움의 결과는 뻔할 터였다.

"내가 진 거요?"

"지다뿐이냐? 누님이 대환단을 지니고 있지 않았다면 이렇게 얘기도 하지 못하고 있을 거다."

곽종의 말에 전풍은 입을 쩍 벌렸다.

무명도에서 평생을 보냈고 견문이 짧다고 해도 천하제일 영약이라는 소림사의 대환단을 모르진 않았다.

죽은 사람도 숨만 붙어 있다면 살릴 수 있는 것은 물론이고 일반인이 복용하면 평생을 무병장수할 수 있으며 무림인이 복용했을 경우엔 무려 반갑자의 내력을 단숨에 얻을 수 있다는 천고의 명약.

"대, 대환단이란 말요, 그 소림사의?"

"그래."

"고맙소, 누님. 그 귀한 것을."

온몸에 금침이 박혀 있는 터라 옴짝달싹 못했지만 전풍은 여우희에게 진심으로 감사의 인사를 전했다.

"대환단이 아무리 귀하다고 해도 사람 목숨에 비할까. 더구나 동생을 구하는 일인데."

여우희가 방긋 웃으며 답했다.

"그런데 이건 왜 꽂은 겁니까? 대환단을 복용했으면 그까짓 부상이야 금방 나을 텐데."

전풍이 몸에 박힌 금침이 영 마음에 안 든다는 얼굴로 물었다.

"그까짓 부상이 아니었으니까."

진유검의 퉁명스레 대꾸했다.

"예?"

"대환단을 복용했음에도 생사를 오락가락할 정도로 상황이 위태로웠단 말이다. 단우 소저의 침술이 아니었으면 큰일 날 뻔했어."

"단우… 누구요?"

전풍이 낯선 이름에 어리둥절할 때 갑자기 형언할 수 없을 정도로 향긋한 꽃향기가 확 밀려들며 꿈속에서나 볼 것 같이 아름다운 여인의 얼굴이 코앞에 나타났다.

"말문이 제대로 터진 것을 보니 이제 걱정하지 않아도 되겠네요."

여인의 얼굴은 나타날 때보다 더욱 빠르게 사라졌다.

전풍이 그녀를 찾기 위해 눈동자를 굴릴 때 몸에 박혔던 금침이 순식간에 사라졌다.

전풍의 전신에 빼곡히 박혔던 금침을 몇 번의 손짓으로 모두 회수한 단우린이 환한 얼굴로 말했다.

"혈색도 좋아졌고 맥도 이만하면 괜찮아요."

"고맙소. 모든 것이 단우 소저의 침술 덕분이오."

진유검이 정중히 인사를 했다.

"아니요. 대환단의 효과가 뛰어난 덕분이지요. 제가 한 일은 그저 몸이 대환단의 약성을 제대로 받아들일 수 있도록 약간의 도움을 준 정도고요. 인사를 받을 정도는 아니에요."

단우린은 자신의 공을 내세우지 않았지만 그녀가 전풍을 치료하는 데 얼마나 심혈을 기울였는지 옆에서 지켜본 이들은 전풍의 기적과도 같은 회복에 단우린의 침술이 상당한 역할을 했음을 정확히 알고 있었다.

전풍의 상세가 아무리 위중하다고 해도 대환단을 복용했

다는 것을 감안했을 때 분명 목숨을 잃을 가능성이 높지는 않았다. 그렇다고 해도 지금처럼 빠른 회복은 불가능했을 터였다.

"아무튼 내가 이렇게 살아난 것이 대환단과 단… 우 소저의 도움이란 말이군요."

오만상을 찌푸리며 간신히 상체를 일으킨 전풍이 단우린을 향해 고개를 숙였다.

"고맙소. 내 신세는 잊지 않겠소."

"그 말 기억할게요. 나 기억력 좋아요."

단우린이 싱긋 웃으며 땀에 살짝 젖은 머리카락을 뒤로 넘겼다.

그런 단우린을 보며 전풍은 멍한 표정을 지었다.

땀에 젖은 단우린의 얼굴이 주는 묘한 매력도 있었지만 그녀의 대답이 통상적으로 '신세를 잊지 않겠다'라는 말 뒤에 따라오는 대답과는 전혀 어울리지 않는 것이기 때문이었다.

"잠시."

앞에서 일행을 이끌던 진유검이 전방에서 전해지는 예사롭지 않은 기운을 감지하곤 손을 들었다.

"적입니까?"

곁으로 달려온 임소한이 긴장된 표정으로 물었다.

"글쎄요. 아직은 확인되지 않습니다만 심상치는 않군요. 인원수도 많은 것 같고."

"일단 피하는 것이 좋지 않겠습니까?"

임소한이 뒤를 돌아보며 물었다.

곽종은 여우희의 도움을 받고 있었고 대환단과 단우린의 침술 덕에 생사의 위기는 넘겼다고는 해도 아직은 움직이는 것 자체가 무리였던 전풍은 어찌 된 일인지 안궁과 하도해가 급히 만든 들것에 실려 있었다.

전풍과 곽종의 치료에 도움을 준 이후, 단우린은 진유검 일행과의 동행을 원했다.

그녀의 갑작스런 제안에 진유검과 그 일행이 놀란 것은 물론이고 어떻게든 빨리 진유검과 헤어지기만을 바라고 있던 안궁과 하도해는 아연실색할 수밖에 없었다.

단우린과 그녀의 숙부들에 대한 의심을 완벽하게 거둘 수 없었던 진유검은 단우린의 제안을 정중하게 거절하려고 했고 안궁과 하도해까지 나서서 그녀를 말리려고 했으나 그녀의 고집이 의외로 대단했다. 게다가 전풍마저 자신의 치료를 위해서라도 단우린의 침술이 필요하다며 날뛰는(?) 바람에 어쩔 수 없이 그녀와 숙부들의 동행을 허락하게 되었다.

물론 그런 결정엔 단우린과 그 일행이 어떤 행동을 하더라도 확실하게 제어할 수 있다는 자신감이 있기 때문에 가능한 것이었다.

진유검이 대답을 하지 않자 임소한이 다시 불렀다.

"령주님."

임소한의 반응에는 아랑곳없이 신중히 전방을 살피던 진유검이 입가에 미소를 지으며 말했다.

"그럴 필요는 없을 것 같습니다. 아는 녀석이 오는군요."

모두의 시선이 진유검의 눈을 따라 움직였다.

잠시 후, 곤룡포를 연상시킬 정도로 멋들어진 장삼을 두르고 묵빛 수갑을 찬 독고무가 모습을 보였다.

"하하하! 이게 누구요? 독고 형님 아니오!"

들것 위에서 고개를 빼꼼히 든 전풍이 애써 봉합해 놓은 상처가 터지도록 웃음을 터뜨렸다.

*　　　*　　　*

"아아아!"

"으아아악!"

거대한 함성과 비명이 묘인산을 뒤흔들었다.

새벽녘 금황봉과 무수한 독사, 그리고 자폭 공격을 신호로 하여 야수궁의 전격적인 공격이 시작됐다.

일찌감치 묘인산에 도착한 뒤 야수궁의 공격에 대비해 상당한 준비를 했음에도 예기치 못한 공격은 강남무림 연합군에게 상당한 타격을 입혔다. 특히 적의 자폭 공격에 몇몇 문파의 수뇌들이 목숨을 잃은 것은 무척이나 뼈아픈 것이었다.

하지만 남궁세가를 주축으로 재빨리 혼란을 수습한 덕에 초반의 고전은 곧 극복되었고 차분히 반격을 하면서 전황은 딱히 어느 쪽이 우위라고 할 수 없을 정도로 팽팽하게 전개되었다.

"마음에 안 들어. 아주 마음에 안 들어."

멀리서 싸움을 지켜보는 묵첩파가 빈 술잔을 집어 던지곤 애첩의 가슴을 거칠게 움켜쥐었다.

"병신 같은 놈들! 내일모레면 관짝에 머리를 처박을 늙은이를 어쩌지 못하고 어찌 저리 헤맨단 말이냐?"

애첩은 가슴에서 밀려오는 고통에 눈꺼풀을 파르르 떨었지만 결코 겉으로 드러낼 수가 없었다.

묵첩파의 평소 행동을 누구보다 잘 알고 있는 바, 지금 같은 순간에 심기를 거스르면 결코 살아남지 못한다는 것을 본능적으로 느낀 것이다.

묵첩파가 애첩의 가슴을 움켜잡았던 손을 풀고 새로운

술잔을 집어 들자, 고통에서 벗어난 애첩이 재빨리 술을 따랐다.

"저 늙은이가 누구라고?"

한바탕 욕설을 퍼붓고 나니 흥분이 조금 가라앉았는지 질문을 던지는 묵첩파의 음성이 차분해졌다.

"나부문의 전대 문주 자청포라고 합니다. 결코 만만한 상대는 아니지만 생각 이상으로 강하군요."

묵첩파의 곁에서 누구보다 냉철히 전장을 살피던 일액이 뭔가 마음에 들지 않는다는 듯 미간을 찌푸리며 대답했다.

일액의 시선은 선봉을 맡은 청사족 대원로와 용호상박의 대결을 펼치는 자청포, 그리고 그를 따르는 나부문의 무인들에게 고정되어 있었다.

야수궁의 선봉에 맞서 한 치의 물러섬도 없이 싸우는 나부문의 기세는 확실히 대단했다.

선두에 선 자청포는 막강한 무위로써 제자들을 독려하고 약간은 후미로 처진 자운산은 냉정하게 전황을 살피며 적절한 지휘를 했다.

몇 되지 않는 나부문의 원로들 또한 곳곳에서 활약하며 제자들의 사기를 최대한으로 끌어 올리고 있었다.

"뚫기가 쉽지는 않을 것 같습니다."

란목이 누런 혓바닥으로 입술을 핥으며 말했다.

"흥! 헛소리. 아무리 발광을 해도 뚫리게 되어 있다."

가소롭게 웃은 묵첩파가 일액을 향해 말했다.

"청사족의 늙은이들에게 전해. 일각 안에 뚫으라고. 아니면 책임을 묻는다고."

"하지만……."

"광수당주에게도 지원하라고 해."

일액은 광수당이란 말에 입을 다물었다.

사실 청사족도 시간만 충분하다면 나부문을 굴복시키는 데 문제는 없었다. 거기에 야수궁의 가장 핵심적인 전력이라 할 수 있는 광수당까지 나선다면 나부문 따위는 순식간에 지워질 것이다.

"궁주님, 광수당이라면 남궁세가 놈들을 상대하기로 되어 있지 않았습니까?"

란목이 고개를 갸웃거리며 물었다.

"병신 같은 놈. 귓구멍이 막힌 것이냐? 조금 전, 남궁세가 놈들이 루외루의 공격을 받고 있다지 않았느냐? 굳이 아낄 필요가 없게 되었단 말이다."

"아!"

곁눈질로 묵첩파의 애첩의 나신을 흘끔거리느라 보고 사항을 제대로 듣지 못한 란목이 땀을 삐질 흘리며 얼른 고개를 숙였다.

"흠, 급박하게 연락이 와서 그다지 탐탁지 않게 여겼는데 생각보다는 쓸모가 있군. 얼마 인원도 되지 않는다면서 남궁세가의 발목을 제대로 잡고 있어."

"루외루의 차기 후계자가 움직였으니 당연한 것이겠지요."

"차기 후계자가 뭘 얻어먹으려고 여기까지 기어와. 아, 계집이라고 했던가?"

"예."

"그쪽에도 문제가 많은 모양이군. 뭐, 상관은 없겠지. 서로 얻을 것만 얻으면 되는 것이니까."

묵첩파는 루외루 내부에 어떤 알력 문제가 있으리라 직감했으나 곧바로 신경을 껐다. 그저 협력자로서 충분한 역할만 해준다면 그만이란 생각이었다.

"참, 흉앙과 척발광은 어째서 연락이 없는 거야? 놈들이 부리는 금황봉과 뱀도 안 보이고. 설마 뒈진 건 아니겠지?"

"아직 파악하지 못했습니다만 지금껏 모습을 보이지 않는 것을 보면 아무래도 첫 공격에서 당했을 가능성이 높은 것 같습니다."

일액의 대답에 묵첩파의 표정이 살짝 일그러졌다.

"쯧쯧, 조심을 좀 하지. 제 몸뚱이를 직접 움직이는 것도 아니면서."

평소 자신에 대한 충성심이 남달랐던 두 사람을 잃을 가능성이 높다고 여긴 것인지 묵첩파가 안타깝다는 듯 혀를 찼다.

"어서 광수당주에게 명을 내려. 당장 저 늙은이의 목을 날려 버리라고. 당장!"

묵첩파의 불편한 심기가 고스란히 전장으로 전해졌다.

"이 다급한 상황에 남궁 가주는 대체 어디에 있는 것입니까?"

온몸을 피로 물들인 번강이 나부문을 지원하기 위해 달려가는 중검문의 무인들을 보며 소리쳤다.

"후방에서 들이친 적들을 상대하고 있는 것으로 아네."

중검문주 염고한이 볼을 타고 흐르는 핏물을 닦아내며 말했다.

피를 본 번강이 깜짝 놀라 물었다.

"부상당하셨습니까?"

"살짝 스쳤네. 신경 쓸 정도는 아닐세. 그나저나 걱정이군. 남궁 가주와 정예들이 빠진 이후 놈들의 기세가 다시 강해지고 있어."

"예, 그래서 걱정입니다. 후방에서 적이 공격한다고 해도 남궁 가주께선 이곳을 지켜야 했습니다. 남궁세가의 제자들이 곳곳에 포진되어 있다고는 해도 가주가 있고 없고는 천지차이입니다."

번강이 답답하다는 듯 말했다.

"그렇긴 하네만 후방을 공격하는 놈들의 실력이 만만치 않아. 피해가 큰 것으로 아네. 자칫하면 후방이 무너질 수도 있다는 전갈도 있었고."

"그 정도입니까?"

염고한이 한숨과 함께 고개를 끄덕였다.

"일이 급하게 되었군요. 알겠습니다."

번강이 황급히 몸을 돌리자 염고한이 다급히 그의 어깨를 잡았다.

"어쩌려고 그러나?"

"우선은 남궁세가를 지원해야 하지 않겠습니까? 남궁 가주께서 움직이셨음에도 지금까지 별다른 소식이 없다면 분명 무슨 문제가 생긴 것입니다."

"그렇긴 하네만 지금 상황에서 형산파까지 빠지면 전황은 더욱 나빠질 걸세."

"남궁세가가 무너지면 전황이 문제가 아니라 아예 끝장입니다."

"음."

"필요한 인원만 데리고 가겠습니다. 최대한 빨리 끝내고 올 테니 그때까지 조금만 버텨주십시오."

"알… 았네."

더이상 말릴 수 없다고 여긴 염고한이 무거운 표정으로 고개를 끄덕일 때 변강은 이미 남궁결이 싸우고 있는 후방을 향해 나는 듯이 달리고 있었다.

꽈꽈꽈꽝!

거대한 충돌음이 전장을 뒤흔들었다.

곳곳에서 치열한 격전이 벌어지고 있었지만 눈앞의 싸움만큼 치열하고 격렬한 공방이 이어지는 곳은 단연코 없었다.

"실력을 감추고 있었다는 얘기는 들었으나 설마하니 이 정도일 줄은 상상도 못했군. 정말 대단한 실력이야."

조금 떨어진 곳에서 싸움을 지켜보는 경천검혼 갈천상의 얼굴은 경악으로 가득 찼다.

루주는 물론이고 원로원주 공손규까지 공손유의 실력을 확인해 주었으나 그래도 약간은 의구심을 가지고 있었다.

그런데 남궁결을 몰아붙이는 공손유의 실력은 입을 쩍 벌어지게 만들기에 충분했다.

처음 꽃을 찾는 나비를 연상시킬 정도로 부드럽고 현란했던 몸놀림은 시간이 지나면서 어둠 속을 가르는 한줄기

섬전처럼 빠르고 날카롭게 변해 갔다.

그 변화에 맞춰 남궁결을 향해 쏟아지는 무공의 위력 또한 태산을 무너뜨리고 대해를 가를 정도로 대단했다.

특히 몽월단주와 마찬가지로 십이성 대성에 이른 혈룡진천검은 그녀는 물론이고 주변 전장을 온통 붉은빛으로 물들이며 초토화시켜 버렸다.

하지만 갈천상이 아무리 놀라고 있다고 해도 그녀를 직접 상대하고 있는 남궁결만큼은 아니었다.

'믿을 수 없을 정도로 강하다!'

남궁결은 끊임없이 공세를 퍼붓고도 여전히 기세를 올리고 있는 공손유를 질렸다는 표정으로 응시했다.

후방에 새로운 적이 나타났고 막대한 피해가 발생하고 있다는 전갈에 세가의 정예들을 이끌고 곧바로 달려왔을때 가장 먼저 자신을 반긴(?) 사람이 바로 공손유였다.

살벌한 기운이 가득한 주변 분위기와는 전혀 어울리지 않는 미소를 짓고 있던 여인. 그 웃음이 절대적인 자신감에서 오는 강자의 여유라는 것을 아는 데엔 오랜 시간이 걸리지 않았다.

싸움이 벌어지고 이미 백여 초의 공방이 끝이 났으나 자신이 할 수 있는 것은 아무것도 없었다.

그저 공손유의 파상공세를 막아내는 것에 급급할 뿐 반

격은 엄두도 내지 못했다.

'어쩔 수 없다. 아직 제대로 완성하지는 못했지만 어떻게 든 해보는 수밖에!'

이긴다는 생각은 이미 접었다.

다만 이렇게 아무런 반격도 해보지 못하고 끌려가다간 자신과 남궁세가는 물론이고 남궁세가를 믿고 힘을 보태준 군웅들에게까지 치명적인 결과를 안길 터. 목숨을 버려서 라도 그녀가 날뛰는 것을 막아야 한다는 생각뿐이었다.

결심을 굳혔는지 남궁결의 기세가 순식간에 변했다.

남궁결의 변화를 알아본 공손유가 흠칫 놀라며 뒤로 물 러났다.

기세도 기세지만 남궁결의 눈빛에서 드러난 어떤 결의를 느낀 것이다.

후우우웅!

남궁결의 검에서 웅장한 검명과 함께 삼 장 높이의 검강 이 하늘을 뚫을 기세로 솟구쳤다.

남궁세가의 시조이자 검신(劍神)으로 추앙받는 남궁건이 죽기 전에 남겼다는 마지막 심득, 남궁세가 최후의 비전 창 천무극검(蒼天無極劍)이었다.

공손유의 고운 아미가 절로 찌푸려졌다.

'역시 남궁세가. 만만치가 않아.'

남궁결은 강했다.

세상에 알려진 것보다 그는 훨씬 더 강했다.

자신이 혼신의 힘을 다해 펼친 공격을 무려 백여 초가 넘도록 막아냈다는 것이 그것을 증명했다.

단언컨대 루외루 내에서도 그만한 실력자는 다섯을 넘지 않으리라.

'그래도 변하는 것은 없어.'

남궁결이 아무리 강하다고 해도 자신은 더 강했다.

공손유가 입술을 지그시 깨물며 검을 쥔 손에 힘을 더했다.

눈부실 정도로 청명한 검강과 그것과는 너무도 대비되는 붉은 기운이 허공에서 격렬하게 부딪쳤다.

꽈꽈꽈꽝!!

귀청이 떨어져 나갈 정도의 굉음과 더불어 사방 십 장이 뿌연 먼지로 뒤덮였다.

그 먼지 속에서 계속적인 충돌이 벌어지는 것인지 미친 듯이 춤을 추며 하늘로 치솟은 먼지는 좀처럼 가라앉을 생각을 하지 않았고 굉음은 계속해서 주변을 뒤흔들었다.

먼지를 뚫고 공손유와 남궁결의 신형이 뛰쳐나왔다.

남궁결이 먼저 모습을 드러낸 공손유를 쫓는 형국이었지만 두 사람의 행색은 극명한 대조를 보이고 있었다.

곳곳에 부상도 제법 보이고 흙먼지에 뒤덮여 행색이 말이 아니었으나 몸놀림이 여전히 경쾌한 공손유에 비해 힘겹게 그녀를 쫓는 남궁결은 누가 보더라도 심각한 상태였다.

내딛는 걸음은 어딘지 모르게 불안해 보였고 흔들리는 신형은 위태롭기만 했다.

온갖 상처에서 쏟아져 나온 피가 갈가리 찢겨 나간 옷을 붉게 물들였다.

특히 입에선 흘러내리는 검붉은 피는 그의 내상이 극심하다는 것을 보여주고 있었다.

그럼에도 남궁결의 투혼은 전혀 사그라들지 않았다.

"성화극멸(聖火極滅)!"

창천무극검의 마지막 초식이다.

정상적인 몸으로도 제대로 펼치기 어려울 정도로 심오한 초식.

부상이 극심한 지금 그저 흉내만 내는 것에 불과했으나 최소한 목숨을 건 값어치는 해주었다.

공손유는 자신을 향해 폭발적으로 뻗어 나오는 기운에 감탄을 금치 못하면서도 즉시 반응했다.

지금까지와는 차원이 다른 거대한 충돌과 함께 그 충격파가 사방을 휩쓸었다.

두 사람과 비교적 가까이에 있던 몇몇 남궁세가 무인과 루외루 무인들이 충격파를 감당하지 못하고 허무하게 쓰러 지기도 했다.

하지만 그 누구도 그들에 대해 신경 쓰지 않았다.

치열하게 펼쳐졌던 대부분의 싸움은 이미 멈춰졌고 그저 두 사람이 펼친 궁극의 싸움이 어찌 끝맺음을 할지 초조한 눈빛으로 지켜볼 뿐이었다.

최후의 공방을 마친 공손유와 남궁결은 오 장 정도의 거 리를 두고 마주 보고 있었다.

싸움이 끝났다는 것을 보여주듯 검은 아래로 늘어뜨린 상태였다.

영원과도 같은 침묵이 전장을 휘감았다.

어느 순간, 어떠한 상황에서라도 굳건히 버틸 것만 같던 남궁결이 천천히 무너지기 시작했다.

남궁세가 쪽에선 비명과도 같은 신음이 흘러나오고 루외 루 무인들은 함성을 내지르며 기세를 올렸다.

"가주!"

"형님!"

황급히 뛰쳐나온 남궁세가 수뇌들이 쓰러지는 남궁결의 몸을 부축했다.

"남궁세가의 가주가 죽었다. 이제 남은 놈들을 섬멸할 차

레다. 공격해라!"

경천검혼 갈천상의 힘찬 명령에 루외루의 무인들은 환호
에 찬 함성으로 호응했다.

"공격이다! 모조리 죽여!"

공손유의 승리로 기세를 탄 루외루의 무인들은 강했다.

그들이 상대하는 이들이 강남무림을 대표하는, 게다가
천마신교와의 크고 작은 싸움에서 많은 활약을 하고 실전
경험까지 쌓아온 남궁세가의 정예들임에도 개개인의 실력
으로 압도하며 거칠게 몰아붙였다.

그러나 남궁세가는 약하지 않았다.

남궁결의 죽음으로 인해 엄청난 충격에 빠져 있던 남궁
세가의 수뇌들이 본격적으로 전장에 뛰어들고 식솔들을 독
려하기 시작하자 급격히 무너지던 진영이 조금씩 수습되기
시작했다.

"당황하지 마라. 놈들의 수는 얼마 되지 않는다."

"합공이다! 검진을 펼쳐라!"

"물러서지 마라! 가주님의 원수를 갚아라!"

자존심을 버린 남궁세가 정예들은 일대일 대결을 피하고
수적인 우위를 바탕으로 철저한 합공으로 반격을 꾀했다.

개개인의 무공이 우위에 있다고 해도 다수의 힘을 감당
하지 못한 루외루의 피해도 조금씩 늘어가기 시작하자 지

금껏 지켜만 보던 갈천상도 본격적으로 싸움에 끼어들었다.

그를 막기 위해 움직인 남궁세가의 장로들의 순식간에 쓰러지고 남궁결을 대신해 남궁세가를 이끌고 있던 남궁학(南宮鶴)마저 이십여 초를 버티지 못하고 상당한 부상을 당하면서 분위기는 다시 급변하였다.

거기에 전장을 우회한 야수궁의 지원군까지 갑자기 들이치자 위태롭게 버티던 남궁세가의 진영이 급격하게 무너졌다.

"와아아아아!"

남궁세가가 절체절명의 위기에 빠진 바로 그 순간, 번강이 형산파의 제자들을 이끌고 도착했다.

*　　　*　　　*

"그, 그러니까 더 이상 놈들의 공격을 걱정할 필요가 없다는 거냐?"

독고무가 격동에 찬 얼굴로 물었다.

"그렇다니까요. 우리가 모조리 쓸어버렸……."

여전히 들것 위에 앉아 있던 전풍이 호들갑을 떨다가 갑자기 밀려든 통증에 오만상을 찌푸렸다.

그것을 고소하다는 눈길로 바라본 진유검이 입을 열었다.

"제법 힘든 싸움이었다. 숫자는 얼마 되지 않았는데 개개인의 무공이 상당했어. 특히 우두머리의 실력은 천무진천과 비견될 정도로 대단했다."

"천강십이좌의 부상도 그렇고 저 뺀질이 놈이 저렇게까지 당한 것을 보니 얼마나 힘든 싸움인지 느낌이 온다. 하긴, 아무리 전력이 약화되었다고 해도 고작 그 인원으로 무이산의 총단을 초토화시킨 놈들이니까."

무이산에서 벌어진 참사를 떠올리는 독고무의 안색은 더없이 어두워졌다.

"어쨌든 이제 놈들에 대한 걱정은 접고 앞에 있는 적만 걱정하면 될 것 같다."

"그래야겠지."

"상황은 좀 어때?"

"보시다시피. 앞뒤로 포위공격을 당할 뻔했지. 그걸 막기 위해 먼저 움직인 것인데. 이곳에서 너를 만날 줄은 상상도 못했다."

"합공을 당하기 전에 먼저 친다는 생각은 맞는 것 같기는 한데……."

진유검이 한쪽에서 대기하고 있는 천마신교 무인들을 바

라보며 자신도 모르게 피식 웃고 말았다.

인원은 대략 백여 명.

전신에서 흘러나오는 기세가 만만치 않은 것으로 보아 천마신교에서도 최정예로 보였지만 조금 전 상대했던 몽월단에 비하면 많은 손색이 있었다.

진유검의 반응을 확인한 독고무가 쓴웃음을 지었다.

"왜? 무모한 것 같냐?"

대답은 진유검이 아니라 전풍의 입에서 흘러나왔다.

"무모한 게 아니라 미친 거요."

"뭐?"

"미친 거라고요. 대충 살펴보니 제법 강한 놈들만 뽑아온 것 같소만 어림도 없소. 그놈들 진짜 강했다니까요. 뭐, 형님 부하들의 실력을 폄하하는 것은 아니지만 저 정도 인원으론 괜히……."

전풍이 구겨지는 독고무의 표정을 보며 말끝을 흐렸지만 그 뒤에 이어질 말은 누구라도 예상할 수 있는 것이었다.

"잘났다. 그렇게 잘난 위인이 어쩌다가 이런 꼴을 당할 것일까?"

전풍에게 다가간 독고무가 그의 몸을 슬쩍 건드렸다.

그다지 힘을 들인 것도 아니고 가볍게 툭 치는 수준이었지만 온몸이 만신창이가 된 전풍은 주변이 떠나가라 소리를 지르며 앓는 소리를 해댔다.

독고무와 진유검은 그런 전풍을 외면하고 따로 움직였
다.

"이제 어쩔 생각이냐?"

진유검이 물었다.

"어쩌긴, 그동안 서로 눈치를 보면서 견제만 하는 것도
지겨웠다. 가장 걱정했던 일이 마무리가 되었으니 이제 확
실히 끝장을 봐야지."

"몽월단이 몰살당한 것을 알면 싸움을 피할 가능성도 있
을 텐데."

"그 전에 승부를 봐야지."

독고무의 눈빛이 섬뜩하게 변했다가 다시 돌아왔다.

"그런데 저자들은 괜찮은 거냐?"

"뭐가?"

진유검의 반문에 독고무가 뒤쪽을 슬쩍 바라보았다.

그의 시선에 전풍을 달래는 단우린과 전풍의 고통을 아
주 고소하다는 표정으로 바라보고 있는 안궁, 하도해가 들
어왔다.

"글쎄, 자신은 못하겠다."

진유검이 어깨를 으쓱하며 실없는 웃음을 내뱉자 독고무
의 인상이 절로 찌푸려졌다.

"뭐냐? 그 어정쩡한 대답은. 중대한 싸움을 앞둔 상황에 선 사소한 일도 큰 변수가 될 수 있다. 저들이 자신들 말대 로 정말 하란산장의 사람들인지도 의문이고 무엇보다 저들 이 지닌 실력이 너무 의심스럽다. 당연히 알고 있겠지만 저 만한 실력자들은 찾아보기 쉽지 않아. 만나게 된 장소도 미 심쩍고. 분명 어떤 의도가……."

진유검이 독고무의 말을 잘랐다.

"걱정하지 마. 그 정도로 생각 없지는 않으니까. 설사 어 떤 의도가 있다고 하더라도 천마신교에 피해가 가는 일은 절대 없을 거다. 이미 그들에게 경고를 해두었다."

독고무는 한숨을 내쉬며 진유검을 바라보았다.

걱정이라곤 눈곱만큼도 느껴지지 않는 태연한 태도에 울 화통이 살짝 치밀어 올랐지만 진유검 일행이 그들에게 얼 마나 큰 도움을 받았는지를 알고 있었기에 무작정 반대만 하기도 뭐했다.

"그래, 알았다. 네가 그렇게까지 말한다면 할 수 없는 것 이겠지."

독고무는 더 이상 단우린 일행의 합류를 문제 삼지 않기 로 결정했으나 그들을 바라보는 시선은 여전히 불편하기만 했다.

57장

역공(逆攻)

　남궁결의 죽음 이후, 절체절명의 위기에 빠진 남궁세가를 돕기 위해 번강이 이끄는 형산파 제자들이 도착했다.

　그들 모두가 형산파의 최정예들임은 틀림없었지만 인원도 많지 않았고 그렇다고 개개인의 실력이 남궁세가 정예를 뛰어넘을 정도도 아니었기에 루외루의 무인들을 압도하여 전세를 뒤집지는 못했다.

　그래도 지원군이 왔다는 것만으로도 절망에 빠져 있던 남궁세가 정예들의 사기를 끌어 올리기엔 충분했고 결정적으로 형산파의 세 장로가 무풍지대처럼 전장을 휩쓸며 활

약하던 갈천상의 행보를 목숨으로써 가로막으면서 전장의
분위기는 확 바뀌었다.

남궁학으로부터 남궁결이 목숨을 잃었다는 것을 알게 된
번강은 싸움을 마치고 잠시 물러나 있던 공손유를 향해 검
을 곧추세웠다.

남궁결과의 대결에서 승리를 거뒀다고는 하나 공손유 역
시 남궁결이 최후에 사용한 창천무극검에 상당한 부상을
당한 상태였다.

남궁결이 그저 승리만을 목적으로 싸웠다면 공손유에게
그 정도의 부상을 입힐 수 없었을 것이다.

남궁결은 승리가 아니라 양패구상, 그것이 불가능하다면
최소한 공손유가 앞으로의 싸움에 제대로 임할 수 없을 정
도의 부상만이라도 안기려는 절박한 마음으로 싸웠고 그걸
위해 자신의 목숨을 걸었다.

남궁결은 목숨을 잃었지만 그의 희생은 그보다 한참 아
래라고 알려진 번강이 공손유와 대등, 아니, 오히려 상당한
우위를 점하는 결과로 나타났다.

여기서도 바로 잡아야 할 사실이 하나 있었다.

남궁결이 그랬듯 번강 역시 세간에 알려진 것보다 훨씬
뛰어난 고수라는 것.

그렇지 않다면 공손유가 아무리 부상을 당했다고 해도

지금처럼 형편없이 밀리지는 않았을 것이다.

"아악!"

외마디 비명과 함께 공손유의 신형이 허공을 갈랐다.

그녀의 신형을 따라 붉은 피가 점점이 흩어졌다.

오 장여를 날아가 떨어진 공손유는 땅바닥을 몇 바퀴나 구른 뒤에야 겨우 몸을 일으켰다.

위기가 끝난 것은 아니다.

어느새 다가온 번강의 살기 어린 검이 그녀의 숨통을 끊기 위해 쇄도했다.

"멈춰랏!"

공손유의 위기를 목도한 갈천상이 득달같이 달려왔다.

온몸이 피로 물든 것을 보면 그 또한 상당한 혈전을 벌인 것 같았다.

번강의 시선이 갈천상과 그를 상대하던 형산파의 세 장로에게 향했다.

두 명은 쓰러져 움직일 줄 몰랐고 나머지 한 장로만이 검에 의지해 겨우 버티고 있었다.

번강은 순간적으로 고민했다.

공손유에 대한 공격을 이어간다면 그녀의 목숨을 빼앗는 것은 문제가 없을 것이나 맹수처럼 달려오는 갈천상에 의해 자신의 안전 또한 보장할 수가 없었다.

이를 악문 번강은 공손유를 포기하고 그녀에게 향하던 검을 갈천상에게 돌렸다.

꽝! 꽝! 꽝!

순식간에 십여 초의 공방이 이어졌다.

공손유를 쓰러뜨리고 기세가 오른 번강과 형산파의 장로들을 상대하느라 다소 지쳤으나 자신의 목숨을 바쳐서라도 공손유를 지켜야 하는 절박함이 있는 갈천상의 싸움은 그야말로 한 치의 방심도 허용치 않는 피 말리는 접전으로 이어졌다.

한데 좀처럼 끝이 보이지 않던, 누구 하나 목숨을 잃어야만 끝이 날 것 같던 싸움은 의외로 쉽게 끝나고 말았다.

야수궁과 치열한 싸움을 펼치던 강남무림 연합군이 전격적으로 퇴각하고 있다는 소식이 전해진 것이다.

자청포와 나부문의 선전에 가로막혔던 청사족의 수장들은 일각 안에 나부문을 뚫지 못하면 목숨을 걸어야 할 것이라는 묵첩파의 경고에 이전과는 비교도 되지 않을 정도로 필사적으로 공격을 감행했다.

거기에 묵첩파가 직접 지원을 명령한 광수당의 공격까지 이어지자 지금까지 믿기 힘든 투혼을 보여주었던 나부문은 더 이상 버티지 못했다.

자운산과 지원군으로 도착한 중검문의 염고한이 어떻게

든 분위기를 되돌리려 노력하였으나 한번 무너진 전세를 되살리기란 쉽지 않았다.

자운산과 염고한은 결국 퇴각을 결정하였고 차분히 병력을 뒤로 물렸다.

적들의 맹렬한 추격으로 퇴각하는 것도 쉬운 일은 아니었지만 묘인산에 도착한 이후, 승리를 위한 계획은 물론이고 최악의 상황 또한 가정하여 철저하게 대비를 한 덕분에 생각보다는 적은 피해로 퇴각을 할 수 있었다.

퇴각이 결정된 이상 버티고 있을 상황은 아니었다.

자칫하면 야수궁으로부터 포위 공격을 당할 터.

번강은 갈천상과의 싸움을 즉시 멈추고 형산파 제자들에게 퇴각을 명령했다.

번강의 결정에 남궁세가의 몇몇 식솔이 반발했지만 남궁학이 번강의 의견에 힘을 실어주며 큰 문제는 발생하지 않았다.

조금 전, 우회하여 싸움에 참여했던 야수궁의 무인들은 퇴각하는 남궁세가와 형산파를 쫓고자 하였으나 적은 인원으로 남궁세가와 형산파의 정예들을 맞아 치열한 싸움을 전개한 루외루는 그럴 만한 여력이 없었다.

루외루를 배제한 채 단독으로 뒤를 쫓던 야수궁의 무인들은 번강의 역공에 큰 피해를 입고 쫓기듯 도망을 쳤고 남

궁세가와 형산파 제자들은 약속된 장소까지 무사히 퇴각을
할 수 있었다.

*   *   *

"허허허허!"

"하하하하!"

회의장의 탁자가 들썩이고 지붕이 흔들릴 정도로 큰 웃
음이 연신 터져 나왔다.

루외루의 수뇌들이 모인 자리에서 이토록 통쾌한 웃음이
흘러나온 것은 실로 오랜만이었다.

"그동안 내색은 하지 못했지만 솔직히 많이 불안했습니
다. 그것이 얼마나 쓸데없는 것인지 오늘에서야 똑똑히 알
게 되었습니다."

조유유가 약간은 경망스런 몸짓을 하며 너스레를 떨자
이명이 동감을 표했다.

"솔직히 여기에 모인 대부분의 사람은 자네와 같은 생각
이었지. 확신을 가지고 있던 사람은 아마 루주님뿐일 걸세."

이명의 시선에 공손후가 약간은 멋쩍은 웃음을 지으며
말했다.

"설마요. 그렇지는 않습니다. 어쩌면 여기 계신 그 누구

보다 불안해한 사람이 다름 아닌 제 자신이었을 겁니다."

"그렇겠지. 자식이 어른이 되고 아무리 잘났다고 해도 부모에겐 그저 물가에 내놓은 아이와도 같은 법이니까. 아무튼 한 잔 받으시게, 루주. 남궁결을 제거하고자 한 계획이 제대로 성공했으니 무황성은 물론이고 산외산까지 굴복시키는 데 문제가 없을 것이네."

공손규가 작전 성공을 축하하는 의미로 술잔을 내밀었다.

"이제 막 디딤돌을 놓았을 뿐입니다. 앞으로 거쳐야 할 단계가 많습니다."

"하지만 그 디딤돌을 놓는 것이야말로 이번 계획에 핵심이었지. 그랬기에 우리 모두가 이토록 기뻐하는 것이고. 내 말이 틀리는가?"

공손규가 좌중을 둘러보며 물었다.

곳곳에서 그의 말에 호응하며 연신 술잔을 기울였다.

허리를 꼿꼿이 세운 자세로 술을 마시던 유운곤이 술잔을 천천히 내려놓으며 물었다.

"한데 몽월단에선 별다른 연락이 없었습니까? 수호령주를 남궁세가에서 떼어놓은 후, 남궁결을 제거한다는 계획은 제대로 성공을 했지만 솔직히 몽월단이 걱정입니다. 자칫 수호령주와 충돌하여 쓸데없는 피해를 볼까 걱정이 되는군요."

"비상 단주가 도착을 하면 알게 되겠습니다만 수호령주가 천마신교에 합류를 한 것이 확인되면 절대로 공격을 하지 말라고 일찌감치 명을 내려놓았습니다. 걱정하시는 일은 벌어지지 않을 것입니다."

"그렇다면 다행입니다만 사람 일이라는 것이 늘 생각대로만 되는 것이 아닌지라……."

유운곤이 말끝을 흐리며 술잔에 입을 갖다 댈 때였다.

비상 단주 환종이 하얗게 질린 얼굴로 회의장의 문을 벌컥 열었다.

"루주님!"

환종이 회의실에 들어서기도 전에 이미 그가 달려오고 있음을 느끼고 있던 공손후의 얼굴이 딱딱하게 굳었다.

환종이 간덩이가 배 밖으로 나오지 않는 한 이런 식으로 회의장에 나타날 리가 없기 때문이었다.

그건 공손후뿐만 아니라 자리에 있는 모든 사람의 공통적인 생각이었다.

"몽월… 단?"

조용히 묻는 공손후의 음성엔 긴장감이 가득했다.

"그, 그렇습니다."

"수호령주로군."

"예."

잠시 머뭇거리던 공손후가 착 가라앉은 음성으로 물었다.

"어찌 되었지?"

"그, 그게……."

환종이 대답을 하지 못하고 머뭇거리자 유운곤의 입에서 불호령이 떨어졌다.

"어찌 된 것인지 묻지 않느냐!"

"전… 멸당했습니다."

순간, 공손후는 무엇인가가 뇌리를 강타하는 듯한 느낌에 두 눈을 질끈 감고 말았다.

'그 친구가 당했단 말인가, 그 친구가?'

수하이자 친우의 얼굴을 떠올리는 공손후의 얼굴이 고통으로 일그러졌다.

"지, 지금 뭐라 했느냐? 모, 몽월단이 어찌 돼?"

질문을 하는 공손규의 음성이 덜덜 떨렸다.

"천마신교를 쫓아 이동하던 중 수호령주와 그 일행을 만난 것 같습니다."

"만난 것 같다? 하면 정확한 것은 아니지 않느냐?"

공손규가 일말의 가능성을 기대하며 물었으나 환종은 잔인하게 고개를 저었다.

"금검단이 피 묻은 전서구를 받았습니다. 수호령주에게 공격을 받고 있으니 절대 접근하지 말라는. 아마도 수호령주에게 당하기 직전에 보낸 것 같습니다."

"어쩌다 이런 일이!"

공손규가 절망스런 낯빛으로 탄식을 내뱉었다.

"하면 금검단은 무사하다는 말이냐?"

공손무가 황급히 물었다.

"예, 다행히 몽월단과 합류하기 전에 벌어진 일인지라……."

"금검단주가 잘 참았군. 천마신교 때부터 쌓인 것이 많았을 텐데."

공손무는 천마신교를 잃은 뒤 의기소침하다가 새롭게 각오를 다지고 출정하던 공손은을 떠올리며 안도의 한숨을 내쉬었다.

"그 아이였기에 참을 수 있었을 겁니다."

쓸쓸함이 가득 담긴 공손후의 말에 다들 의아한 표정을 지었다.

"천마신교의 일로 그 아이와 청송이 수호령주에게 어떤 꼴을 당했는지 잘 아시지 않습니까? 수호령주를 직접 겪었기에 여기 있는 누구보다 놈의 무서움을 잘 알고 있다는 말입니다. 만약 놈이 아닌 다른 누군가가 몽월단을 공격했다면 금검단은 분명히 움직였을 겁니다. 수호령주이기에 움직이지 못한 것이지요."

"하면 이제 어찌 되는 것입니까? 몽월단이 수호령주에게 당했다면 천마신교를 압박하고 있던 야수궁 놈들 역시 조만간 모조리 쓸린다고 봐야 할 텐데요."

황인효의 말에 이어 유운곤이 입을 열었다.

"첫 싸움에서 승기를 잡았다고는 해도 천마신교가 북상하여 배후를 친다면 야수궁은 위기에 빠지게 될 것입니다."

"상관없지 않을까? 우리가 바란 최선의 결과는 아니지만 그렇다고 해도 큰 틀에서의 계획엔 큰 문제가 없을 것 같네만."

이명의 반문에 유운곤은 고개를 저었다.

"절망 속에서 핀 꽃이야말로 아름다운 것이지. 만약 천마신교와 수호령주의 활약으로 승리를 거둔다면 우리가 내세운 꽃의 아름다움은 많이 시들게 될 걸세."

유운곤의 말을 곧바로 이해하지 못한 이명은 미간을 찌푸리며 불쾌해했지만 공손무는 유운곤의 말에 동의를 표했다.

"맞는 말이네. 영웅은 승리를 했을 때에도 빛이 나지만 패배 속에서 더욱 빛이 나는 법이니까."

공손무가 공손후를 향해 고개를 돌렸다.

"우리의 계획을 위해서라도 야수궁이 패하는 일은 없어야 할 것이네."

"같은 생각입니다."

"유아가 조금 더 고생을 해야겠군."

"예, 해서 조금 더 힘을 보태줘야겠습니다."

"힘이라면……."

"환종."

"예, 루주님."

"금검단주에게 알려라. 천마신교는 포기하고 최대한 빨리 북상하여 유아에게 합류하라고 말이다."

"알겠습니다."

"그리고 하나 더. 만약 천마신교가, 아니, 수호령주가 전장에 도착할 때까지 싸움을 끝내지 못했다면 미련을 두지 말고 즉시 철수하라 전해라. 이건 당부가 아니라 루주로서 내리는 명령이다."

무림삼비이자 무림을 도모하는 루외루의 입장에서 보면 참으로 굴욕적인 명령이었으나 회의실에 모인 그 누구도 공손후의 명령에 토를 달지 못했다.

그동안 수호령주에게 지긋지긋하게 당했기 때문이었다.

*　　　*　　　*

"남궁… 세가가 패했습니다."

제갈명의 말에 희천세가 자리를 박차고 일어났다.

"패하다니! 대, 대체 그게 무슨 소린가?"

아직 새로운 무황이 옹립되지 않은지라 여전히 무황 대행으로서 그 역할을 수행하고 있던 그의 노안은 이미 딱딱하게 굳어 있었다.

회의실에 모인 모든 이들 역시 그와 같은 반응이었다.

"방금 전서구를 확인하고 오는 길입니다."

제갈명이 침통한 얼굴로 대답했다.

"필승을 자신했던 싸움일세. 대체 무슨 일이 일어났기에 그런 사단이 벌어졌단 말인가!"

원로 자웅천도 도저히 믿어지지 않는다는 표정으로 머리를 감싸 쥐었다.

"단순히 패한 것이 문제가 아닙니다."

모든 이의 얼굴에 의혹이 깃들 때 제갈명이 착잡한 표정으로 말을 이었다.

"남궁세가의 가주께서 목숨을 잃었다고 합니다."

"이 무슨 말도 안되는 일이!"

진유검의 요청을 받아 남궁결이 무황이 될 수 있도록 힘을 실어주기로 약속했던 사공추는 남궁결이 목숨을 잃었다는 말에 망연자실했다.

"다, 다시 말해보게. 남궁 가주가 목숨을 잃었단 말이 사실인가?"

"그렇… 습니다."

"수호령주의 말에 따르면 남궁 가주는 그 누구보다 강하다고 했네. 형님과 능히 비견될 수 있는 무공을 지녔다고 했어. 그런 그가 어찌 그리 쉽게 당할 수 있단 말인가?"

회의실에 모인 이들은 남궁결이 전대 무황에 버금가는 고수라는 사공추의 말에 경악을 금치 못했다. 더불어 그런 고수가 목숨을 잃었다는 말에 더욱 놀랐다.

대체 얼마나 대단한 고수를 만났기에 무황과 버금가는 고수가 목숨을 잃는단 말인가!

"과거 무림을 피로 물들였던 세외사패입니다. 야수궁이라면 그만한 저력이 있을 수 있다고 봅니다."

이화검문의 원로 유산조가 탄식하듯 말했다.

안타까운 표정이기는 하나 눈동자는 묘하게 빛났다. 그것을 놓치지 않은 사공추의 눈빛이 서늘해졌다.

'저 늙은이가!'

진유검과 사공세가가 남궁결을 차기 무황으로 점찍었다는 소문을 모르는 사람은 없다.

사공추는 스쳐 지나간 유산조의 반응에서 그가 남궁결의

죽음을, 아니, 정확하겐 그를 차기 무황으로 추대하려는 진유검과 사공세가를 비웃는 듯한 느낌을 받았다. 물론 짐작이기에 내색할 수는 없었다.

"남궁 가주께선 야수궁에 당한 것이 아닙니다."

제갈명의 말에 사공추가 깜짝 놀라 되물었다.

"그게 무슨 소린가? 야수궁이 아니라면 또 다른 적이 있었단 말인가?"

제갈명이 이를 꽉 깨물며 고개를 끄덕였다.

"그렇습니다. 놈들의 정체가 명확하게 구분이 되지 않았지만 추측하건데 루외루에서 야수궁을 지원한 것 같았습니다."

"루. 외. 루."

사공추의 입에서 참담한 신음이 흘러나오고 곳곳에서 노기와 울분에 찬 탄식이 터져 나왔다.

"감히 그놈들이!"

"이번에도 루외루란 말인가!"

무황의 암살 이후, 암중에서 무림을 노리는 루외루에 대한 그들의 원한은 극에 이른 상태였다.

"우리 쪽 피해는 얼마나 되는 것인가? 남궁 가주가 당할 정도이니 피해가 어느 정도일지 감도 오지 않는군."

희천세가 더없이 낭패한 얼굴로 물었다.

"다행히 우려하실 만큼의 피해는 없는 것 같습니다. 선봉에서 야수궁과 치열한 접전을 펼친 나부문의 피해가 극심하기는 했지만 싸움에 패해 퇴각한 상황치고는 전체적으로 양호하다 합니다."

"그, 그런가? 불행 중 다행일세."

금방이라도 죽을 것같이 울상이던 희천세의 낯빛이 그나마 밝아졌다.

"남궁 가주가 목숨을 잃은 상황에서 그만한 피해라면 다른 이들이 수습을 잘한 것 같군."

"예, 특히 형산파 문주의 활약이 대단했다고 합니다."

"형산파라면 번 문주를 말하는 것인가?"

희천세가 기억을 더듬으며 물었다.

"그렇습니다."

"군사가 그렇게까지 말할 정도라면 그의 활약이 꽤나 대단했던 모양이군."

"예, 루외루의 공격에서 남궁세가의 피해를 최소한으로 막은 것이 바로 그였고 퇴각하는 과정에서 야수궁의 추격대를 막아낸 것도 번 문주라고 합니다. 특히 루외루와의 싸움이 대단했다고 하는군요. 남궁 가주의 목숨을 빼앗은 적의 수장을 물리치고 경천검혼과 박빙의 승부를 벌였다고 하니까요."

순간, 회의실엔 루외루의 개입으로 인해 남궁세가가 패하고 남궁결이 목숨을 잃었다는 소식을 들었을 때보다 더욱 강력한 충격파가 몰아쳤다.

"겨, 경천검혼?"

"경천검혼이라면 바로 그 갈천상을 말하는 것인가?"

"그자가 아직도 살아 있었다니!"

온갖 질문과 탄성이 마구 뒤섞였다.

당연했다.

경천검혼 갈천상.

삼십여 년 전, 왜소한 몸짓의 중년인이 무림에 안긴 충격은 엄청났다.

무림의 내로라하는 고수들과 벌인 백 번의 비무와 백 번의 승리.

그렇게 전설을 남기고 홀연히 사라졌던 갈천상이 다시금 모습을 드러낸 것이다.

그것도 루외루의 소속으로.

"루외루였어, 루외루!"

과거 갈천상과 비무를 벌여 무참히 패한 경험이 있던 희천세는 그때의 참담했던 기억이 다시금 떠오르는지 성난 얼굴을 씰룩였다.

"경천검혼 같은 고수가 루외루에 속했다니 실로 경악할

일입니다. 지금까지 드러난 것만으로도 감당키 버거울 정도인데 앞으로 얼마나 더 놀라야 될지 걱정이군요."

자웅천이 땅이 꺼져라 한숨을 내쉬었다.

"그나마 희망적이라면 번 문주 같은 새로운 고수가 등장했다는 것이겠지요."

유산조가 자웅천을 달래자 희천세가 크게 고개를 끄덕였다.

"맞소. 번 문주가 형산파의 수장이 되고 그 짧은 시간에 형산파의 세를 과거와는 비교도 할 수 없을 정도로 확장시키는 것을 보면서 그의 능력에 감탄을 금치 못했었는데 설마하니 경천검혼과 대등한 싸움을 벌일 정도의 고수일 줄이야. 허허! 정말 상상도 하지 못했소이다."

"남궁 가주도 그렇더니만 번 문주까지. 다들 한 수씩은 숨기고 있는 모양이오."

어딘지 모르게 뼈가 들어 있는 사공추의 말에 다들 쓴웃음을 지었다.

"그건 그렇고 여기서 하나 짚고 넘어가야 할 문제가 있습니다."

모두의 시선이 송월 도장에게 향했다.

"결과론이지만 수호령주가 천마신교를 구하기 위해 남하하지 않았다면 남궁 가주께서 목숨을 잃는 일은 없었으리라 봅니다. 물론 야수궁에게 패배하는 일도 없었겠지요."

제갈명이 벌떡 일어났다.

"억측입니다. 아무리 수호령주의 실력이 뛰어나다고는 하지만 여기 있는 누구도 루외루가 야수궁을 돕기 위해 움직일 줄은 몰랐습니다."

"글쎄, 패배 속에서도 빛난 번 문주의 활약을 감안해 보면 수호령주의 부재가 아쉽기는 하군."

유산조가 송월 도장의 말에 힘을 싣자 형주 유가의 유경이 곧바로 말을 이었다.

"다소 심한 말일 수는 있겠지만 최근 들어 그의 행보를 보면 수호령주가 무황성의 수호령주인지 천마신교의 수호령주인지 헷갈릴 때가 있습니다."

"지나치오. 말을 삼가는 것이 좋겠소이다."

사공추가 눈살을 찌푸리자 유경은 굳이 각을 세우지 않고 한걸음 물러났다.

"말이 그렇다는 겁니다."

"수호령주는 사사로운 마음으로 남하한 것이 아닙니다 물론 천마신교의 교주가 수호령주의 친우라는 이유도 무시할 수는 없습니다만 그보다는 전략적으로도 천마신교가 배후에서 야수궁을 견제해 주는 것이 우리 쪽에 훨씬 더 유리하기 때문에 남하를 한 것입니다. 현재의 천마신교는 그들의 총단을 초토화하고 배후로 접근하는 자들을 감당하지 못합니다. 그들만 상대해야 하는 것이 아니라 그들이 배후를 치는 것을 막기 위해 남겨둔 야수궁의 적들까지 상대해야 하기 때문이지요. 수호령주가 움직이지 않으면 그들의 패배는 막을 방법이 없습니다. 생각해 보십시오. 천마신교가 무너지고 그들을 견제하기 위해 남겨 두었던 야수궁 병력이 북상했을 때 어떤 결과를 가져올지. 이번 패배로 인해 그렇잖아도 불리한 전황은 더욱더 궁지로 몰리게 될 것입니다."

차분히 이어진 제갈명의 설명은 진유검의 남하를 문제 삼으며 비난하던 이들을 일거에 침묵시킬 수 있을 정도로 상당한 설득력이 있었다.

제갈명의 설명은 사실과 조금 다른 것이 있었다.

애당초 진유검은 몽월단이 천마신교를 노리는 것을 알지 못했다.

진유검이 남하를 한 이유는 남궁결로 하여금 야수궁과의 싸움에서 큰 공을 세우고 존재감을 드러냄으로써 많은 이에게 차기 무황으로서 가장 적합한 인물이 바로 자신임을 드러낼 기회를 주려는 의도와 더불어 전력이 약화된 천마신교를 돕기 위함이었다.

제갈명 역시 그런 진유검의 뜻을 알고 있었다. 하지만 굳이 그걸 거론할 이유는 없었다.

"지금은 그런 한가한 얘기를 할 때가 아닌 것 같소이다. 수호령주는 이미 천마신교를 돕기 위해 떠났고 야수궁과의 싸움에선 패배하고 말았소. 중요한 것은 패배를 어떻게 수습하고 기세가 오른 야수궁을 막느냐는 것이오."

희천세가 더 이상 분란을 용납하지 않겠다는 강렬한 눈빛을 뿜어내며 말했다.

"최대한 빨리 지원을 보내야 할 것입니다."

자웅천의 말에 제갈명이 고개를 저었다.

"지금 보낸다고 해도 너무 늦습니다. 그리고 지원군은 이미 움직이고 있을 것입니다."

"움직이고 있다니?"

"남궁세가의 힘을 너무 가볍게 생각하지 마십시오. 남궁세가의 진정한 힘은 현역에 있는 자들이 아니라 은퇴한 원로들에게 있습니다. 가주가 목숨을 잃었으니 그들이 두고만 보지 않을 것입니다."

"쯧쯧, 진즉에 움직였으면 이런 참사도 없었을 것을. 뒷북은……."

백의종군하게 된 이교를 대신하여 정의문을 대표하게 된 이후고가 한심하다는 듯 혀를 찼다.

제갈명은 이후고의 말을 애써 무시하며 말을 이었다.

"번 문주님의 활약 덕에 큰 피해를 입지 않았고 남궁세가에서 지원군을 보낸다면 다행히 전력의 수습엔 큰 문제가 없을 것 같습니다. 게다가 지금쯤이면 수호령주가 천마신교에 도착을 했을 것이니 이제 곧 야수궁의 배후를 강하게 압박할 것입니다."

"천마신교를 노린다는 놈들이 있다고 하지 않았나?"

유산조가 물었다.

"당연히 그들의 공격을 물리친 다음일 것입니다."

"오십도 안 되는 인원으로 천마신교 총단을 유린한 자들이네. 과연 말처럼 쉬울지 모르겠군."

"수호령주입니다."

유산조는 자신에 찬 제갈명의 표정을 보며 입을 다물었다.

그간 수호령주가 보여준 행보는 경이로움 그 자체였기 때문이다.

그리고 바로 그 순간, 제갈명의 믿음에 보답이라도 하듯 승전을 알리는 전서구 한 마리가 무황성의 높은 담벽을 넘고 있었다.

* * *

"저곳입니다."

흑무 요원 청묵이 울창한 숲을 가리키며 말했다.

"놈들은 저 숲 안쪽에 진을 치고 있습니다."

단순히 동료나 상관이 아니라 하늘 같은 교주와 그런 교주마저 어려워하는 수호령주에게 직접 보고를 하기 때문인지 청묵은 자신도 모르게 식은땀을 흘리고 있었다.

"인원은 얼마나 되지?"

진유검이 물었다.

"정확히 파악을 할 수는 없지만 대략 삼백 정도로 판단하고 있습니다."

"삼백?"

진유검이 조금은 어이가 없다는 표정으로 독고무를 바라보았다.

천하의 천마신교가 고작 삼백 남짓에 불과한 적에게 이토록 고전을 하고 있느냐는 눈빛이었다.

"그런 눈으로 보지 마라. 처음엔 훨씬 많았어. 조금씩 본진을 따라 움직이며 줄어서 그렇지. 그리고 남은 상대가 녹록치 않아. 야수궁이라는 이름답게 별 해괴한 짐승들을 길들여 우리를 괴롭힌다. 정찰이 전혀 되지 않으니 기습 자체가 성립하질 않아."

"짐승? 어떤 짐승들이기에?"

진유검이 호기심을 드러냈다.

"자잘한 짐승이 많지만 가장 위협적인 건 놈들이 수족처럼 부리는 호랑이다. 제대로 훈련을 받아서 그런지 본능에만 충실한 짐승이 아니야. 놈들에게 희생당한 수하의 숫자가 상당해."

"몇 마리나 되는데?"

심각한 독고무와는 달리 진유검은 여전히 흥미로운 표정이었다.

"삼십 마리 정도."

"많네."

예상보다 많은 숫자에 진유검이 조금은 진지해졌다.

백수의 왕이라는 호랑이다. 그런 호랑이를 길들여 전문적인 훈련을 시켰다면 독고무의 말대로 위협적인 전력이 될 터였다.

"그래 봤자 짐승이지만."

가볍게 읊조린 진유검이 숨을 돌리고 있는 천마신교 제자들을 둘러보며 물었다.

"바로 가자."

"벌써?"

독고무가 진유검과 강행군으로 지친 수하들을 번갈아 바라보며 되물었다.

"우리에게 시간이 많지 않다는 건 너도 알잖아. 빨리 처리하고 본진을 노려야지."

방금 전, 남궁세가와 강남무림 연합군이 야수궁에게 패하고 남궁결이 목숨을 잃었다는 소식을 접한 진유검은 평소와는 달리 상당히 초조해 보였다.

"그렇긴 하지만……."

잠시 고민을 하던 독고무가 고개를 끄덕였다.

"알았다. 어차피 치워야 하는 놈들이니까. 청묵."

"예, 교주님."

"혈륜전마는 어디에 있느냐?"

"십 리 정도 떨어진 초지에서 대기하고 있습니다."

"지금 즉시 연락을 해라. 공격이다."

"존명!"

청묵이 연락을 취하기 위해 지체 없이 물러나자 독고무가 햇빛을 받아 더욱 반짝이는 천마수를 치켜 올리며 말했다.

"선봉은 나다."

"마음대로."

만족한 웃음을 지은 독고무가 이미 공격 준비를 마친 수하들을 향해 거친 목소리로 명을 내렸다.

"공격한다. 단 한 놈도 살려 보내지 말고 모조리 쓸어버려랏!"

"와아아아!"

천마신교의 제자들은 독고무의 명에 일제히 호응하며 천지가 떠나가라 함성을 터뜨렸다.

그런 독고무와 수하들을 보며 숲에 조용히 숨어들어 기습 공격을 염두하고 있던 진유검은 황당한 표정을 지었다. 하지만 이내 머리를 치며 쓴웃음을 짓고 말았다.

"아, 짐승들 때문에 애당초 기습은 불가능하다고 했지."

그 말을 듣기라도 하듯 숲 속 깊은 곳에서 짐승들의 울부짖음이 들려왔다.

"적입니다."

수하의 다급한 보고에도 술잔을 기울이던 찰합과 나휼은 여유로웠다.

"이 소란 속에서 모른다면 그게 더 이상한 것이지. 어떤 놈들이냐? 천마신교냐?"

나휼이 피처럼 붉은 술을 단숨에 들이켜며 물었다.

"아직 확인되지 않았습니다."

"천마신교일 게다. 흠, 뒤쪽이 소란스러운 것을 보니 병력을 나눠 우회한 모양이군. 마지막 발악을 해보려는 모양인데 어림없지. 당장 만수당주에게 전해라. 지금 공격을 해오는 놈들은 우리가 막을 테니 만수당은 움직이지 말고 자리를 지키라고. 이제 곧 또 다른 공격이 시작될 것이다."

"알겠습니다."

찰합이 물러나는 수하를 보며 천천히 몸을 일으켰다.

나휼보다 최소한 머리 하나는 더 높았고 덩치는 두 배가 넘어 보이는 거대한 체구를 지닌 찰합은 나이가 육십을 훌쩍 넘었지만 사십 대 장한을 연상시킬 정도였다.

"크흐흐! 아이들이 포식하겠군. 큰 싸움을 앞두고 나쁘지 않아. 서둘지 마라. 네 몫도 충분할 테니."

소리 없이 자신의 곁으로 다가오는 백호의 머리를 가볍게 쓰다듬은 찰합이 자신의 덩치만큼이나 거대한 대추(大錘)를 어깨에 턱 걸쳤다.

"먼저 가겠네. 오랜만에 손맛을 보겠어."

찰합은 나휼의 대답을 기다리지도 않고 몸을 날렸다.

육중한 체구에 어울리지 않는 날렵한 몸놀림을 보며 나휼도 자신의 애도를 집어 들었다.

커흥!

외마디 비명과 함께 허공으로 뛰쳐 오른 호랑이 한 마리가 힘없이 나뒹굴었다.

머리부터 꼬리까지 일 장이 훌쩍 넘길 정도로 거대한 호랑이는 거친 숨을 몇 번 내뱉다가 그대로 숨통이 끊어졌다.

일격에 호랑이의 숨통을 끊어버린 진유검이 곧바로 다른 호랑이를 향해 시선을 돌렸다.

그의 손에 숨통이 끊어진 호랑이가 벌써 다섯 마리째다.

독고무도 비슷한 숫자의 호랑이를 제거했고 임소한과 천마신교의 제자들이 두 사람과 비슷한 수의 호랑이를 제거했지만 여전히 열 마리 가까운 호랑이가 미쳐 날뛰고 있었다.

진유검은 호랑이의 공격에 목숨을 잃거나 치명적인 부상을 당한 천마신교 제자들을 보며 마음이 무거웠다.

독고무로부터 야수궁이 호랑이를 길들여 수족처럼 부린다는 말을 들었음에도 너무 쉽게 생각했다.

그 결과 자신을 따라 공격하던 천마신교 제자들이 생각보다 많은 피해를 입고 말았다.

천마신교에서 뛰어난 실력을 자랑하던 제자들이었지만 야수궁이 길들인 호랑이는 예사 호랑이가 아니었다.

호랑이들의 포효는 본능적인 두려움을 불러일으켰고 육중한 몸을 지녔으나 어지간한 무림인보다 빠른 움직임은 우거진 숲에서 더욱 효과적으로 발휘되었다.

특히 무서운 것은 호랑이가 휘두르는 발톱에 스치기만 해도 치명적이라는 것이었다.

어른 손가락만 한 발톱은 그 자체로도 위협적이었으나 발톱에 발라져 있는 독은 해독약 자체가 없는 극독으로 지금 목숨을 잃은 천마신교 제자의 대부분이 바로 그 독에 의해 목숨을 잃었다.

호랑이를 최대한 빨리 제거하는 것만이 아군의 희생을 줄이는 것이라 판단한 진유검이 다음 목표를 향해 몸을 날릴 때 숲 속 안쪽에서 무수한 인기척이 느껴졌다.

귓가를 자극하는 날카로운 휘파람 소리에 그토록 맹렬히 날뛰던 호랑이가 갑자기 움직임을 멈추고 뒤로 물러났다.

호랑이들의 피해가 커지자 누군가 호랑이들을 불러들인 것 같았다.

"미친개를 두들기니 주인이 나오는군."

진유검이 차갑게 비웃었다.

"령주님."

임소한이 붉은 피를 흠뻑 뒤집어쓴 채 달려왔다.

"괜찮습니까?"

진유검이 걱정스레 물었다.

임소한의 실력을 믿고는 있지만 호랑이들의 기세가 만만치 않았기에 혹시나 하는 생각에서였다.

"짐승일 뿐입니다."

임소한이 짧게 대답했다.

아무리 훈련을 받고 독으로 무장한 호랑이라 해도 임소한 정도의 고수에겐 문제가 되지 않는 듯했다.

"그래도 위험하기는 하더군요."

임소한 역시 호랑이의 발톱에 발라져 있는 극독의 위력을 직접 보았는지 표정이 과히 좋지는 않았다. 그래도 씩씩거리며 달려오는 독고무에 비할 바는 아니었다.

"많이 당했냐?"

주의를 기울여야 한다는 그의 말을 무시하고 서둘러 공격을 주장했던 진유검이 미안한 표정으로 물었다.

"열다섯 정도가 당했다. 그렇게 조심하라고 했건만."

독고무는 조심하라 거듭 당부를 했음에도 예상외의 피해가 발생한 것이 몹시 마음에 들지 않는다는 얼굴이었다.

목숨을 잃은 수하들이 몽월단을 상대하기 위해 그가 직접 선별한 자들이기 때문에 더욱 짜증이 난 듯 보였다.

"확실히 조련을 잘 시킨 것 같다. 마치 무공을 아는 놈들 같았어."

독고무는 쓴웃음을 지었다.

"위로하려고 하지 마라. 전혀 안 되니까."

"……."

진유검이 민망한 얼굴로 고개를 돌리자 숲으로 물러난 호랑이들이 다시 모습을 드러냈다.

그 뒤로 무수한 인영이 보였다.

"천마신교! 역시 네놈들일 줄 알았다."

찰합이 극독에 중독되어 죽음을 목전에 둔 천마신교 제자의 몸을 대추로 툭툭 건드리다 발로 걷어차 올렸다.

옆에 있던 백호가 번개처럼 뛰쳐나가 시신의 목덜미를 물고는 크게 휘둘렀다.

머리가 뜯긴 시신이 십여 장을 날아와 독고무의 발아래에 떨어졌다.

수하의 몸통에서 뿜어져 나온 피가 독고무의 몸을 붉게 물들였다.

독고무가 입술을 꽉 깨물며 비참하게 쓰러진 수하의 주검을 바라보았다.

뼈가 바스러지는 소리가 들려왔다.

몸통을 잃은 수하의 머리가 백호의 거대한 앞발에 산산이 박살 나는 모습을 보며 독고무는 걸치고 있던 장삼을 풀어 수하의 몸을 덮었다.

독고무의 시선이 오만한 표정으로 자신을 바라보는 백호와 그런 백호의 머리를 쓰다듬고 있는 찰합에게 향했다.

독고무가 천마수를 착용한 오른손을 꽉 움켜쥐고는 찰합을 향해 한 걸음 내딛었다.

엄청난 살기가 후광처럼 솟구쳐 그의 모습을 거대하게

만들었다.

드드드드.

그를 중심으로 지축이 조금씩 흔들리는 느낌이 들었다.

지금껏 그런 독고무의 모습을 본 적이 없던 진유검이 무거운 표정으로 그의 뒤를 따랐다.

'대단하군. 령주님의 도움이 있었다고는 해도 천마신교를 다시 되찾은 것이 우연이 아니었어.'

임소한은 독고무의 전신에서 뿜어져 나오는 기세에 진심으로 감탄을 했다.

지금 뿜어내는 기세가 진짜라면 단언컨대 적들은 지옥을 맛보게 될 것이다.

크앙!

울부짖음에 가까운 포효와 함께 세 마리의 호랑이가 독고무를 향해 짓쳐 들었다.

섬뜩하게 빛나는 송곳니는 목덜미를 단숨에 뜯어버릴 것이고 극독으로 인해 검게 물든 발톱은 피부와 근육은 물론이고 뼈까지 으깨 버릴 터였다.

평범한 인간이었다면 그랬을지 모르나 상대는 천마신교의 교주 독고무였다.

호랑이들이 코앞까지 접근하는 것을 보면서도 눈 하나 깜짝하지 않는 절대고수.

독고무의 서늘한 눈빛은 호랑이가 아니라 호랑이 뒤에서 은밀히 접근하는 자들을 향해 있었다.

독고무가 천마수를 휘둘렀다.

번쩍!

묵빛 기운이 호랑이들을 향해 날아갔다.

천마조사가 남긴 가장 위력적인 무공이라는 천마멸강수였다.

그 어떤 것이라도 흔적도 없이 부숴 버린다는 극강의 무공이 한낱 미물 따위에게 사용된 것이다.

퍽!

정면으로 달려들던 호랑이의 머리가 그대로 터져 나갔다.

좌우에서 짓쳐 오던 호랑이들 역시 묵빛 수강에 가격당한 후, 백수의 왕이라는 이름이 무색할 정도로 초라한 울부짖음을 내뱉으며 무참히 땅바닥을 굴렀다.

한 마리는 옆구리가 움푹 들어간 것이 몸통의 뼈가 모조리 부러진 것 같았고, 나머지 한 마리는 사지가 절단된 채 버둥거렸는데 갈라진 배에서 내장이 꾸역꾸역 쏟아져 나오고 있었다.

호랑이의 뒤에 숨어서 공격을 하려던 자들 역시 상태는 비슷했다.

애당초 호랑이 따위가 목적이 아니었던 독고무는 호랑이를 물리치는 것과 동시에 연거푸 천마멸강수를 시전했다.

공격을 하던 자들 대부분이 천마수가 뿜어낸 가공할 강기에 시신의 형체조차 제대로 알아보기 힘들 정도로 처참히 뭉개졌다.

개중에는 호랑이와 동료들의 죽음을 이용하여 접근에 성공한 자들도 있었다.

회심의 일격을 가했던 그들 역시 천마벽에 의해 오히려 막대한 타격을 당했고 곧바로 밀려든 천마멸강수에 의해 모조리 어육이 되어 쓰러졌다.

그 모습을 지켜보던 찰합의 얼굴이 딱딱하게 굳었다.

호랑이도 호랑이지만 호랑이와 함께 공격을 한 일곱 명의 고수는 장차 납호족을 이끌어갈 인재들이었다. 한데 단한 번의 공격에 모조리 몰살을 당한 것이다.

눈 깜짝할 사이에 부족의 인재들을 잃은 찰합이 노기충천하여 독고무에게 달려들었다.

단숨에 십여 장의 거리를 좁힌 찰합이 하늘 높이 도약을한 뒤 독고무의 정수리를 향해 대추를 내리찍었다.

독고무는 피하지 않고 천마수를 들어 맹렬하게 내리꽂히는 대추를 막았다.

꽝!

마치 폭약이 터지는 듯한 굉음과 함께 찰합이 휘두른 대추와 천마수가 정면으로 부딪쳤다.

찰합의 육중한 체구에서 쏟아져 나오는 힘과 내력은 상상외로 강했다.

그 힘이 집중된 대추의 위력은 가히 경천동지라 할 만했으나 결과는 독고무의 왼쪽 무릎을 살짝 굽히게 한 것이 전부였다.

일격으로 목숨을 빼앗거나 결정적인 승기를 잡을 것이라 여기진 않았지만 그토록 쉽게 막힐 줄은 상상도 하지 못했던 찰합의 얼굴에 어이없다는 표정이 지어졌다.

찰합이 지금껏 단 한 번도 경험해 보지 못한 상황에 당황하고 있을 때 천마보를 이용하여 재빨리 몸을 뺀 독고무는 곧바로 반격을 가하려 했다.

반격은 뒤쪽에서 덮쳐 오는 백호로 인해 무위로 끝나고 말았다.

보통의 호랑이보다 거의 배는 큰 몸뚱이를 지녔지만 백호의 몸놀림은 다른 호랑이와 비교할 바가 아니었다.

게다가 독고무가 시전한 천마멸강수를 피해낼 정도로 영특했다.

활화산처럼 끓어오르고 있는 분노 이면에 무서울 정도로 냉정함을 유지하고 있던 독고무는 자신의 공격을 피해 물러나는 백호를 보며 황당함을 금치 못했다.

전력을 기울인 것이 아니라 하더라도 설마하니 한낱 미물이 자신의 공격을 피해낼 줄은 생각도 못한 것이다.

"미물이 아니라 영물(靈物)이었군."

짧은 감탄사를 내뱉은 독고무가 백호를 향해 무섭게 돌진했다.

백호를 그냥 놔두어선 꽤나 귀찮은 싸움을 할지도 모른다는 생각 때문이었다.

58장

연합전선(聯合戰線)

　진유검과 독고무, 그리고 그의 수하들이 야수궁과 피 튀기는 혈전을 벌이고 있는 숲의 외곽.

　전장에서 약간은 동떨어진 곳에서 여전히 부상 중인 곽종과 전풍, 그리고 그들을 돌보는 여우희가 느긋하게 앉아 싸움을 지켜보고 있었다.

　"이야, 못 보던 사이에 많이 강해졌네."

　전풍의 입에서 감탄성이 터져 나왔다.

　"흠, 설마하니 저 정도 실력일 줄은 몰랐다. 상대 늙은이가 약한 것이 아닌데 꼼짝 못하는고만."

곽종 또한 독고무에게서 시선을 떼지 못하고 있었다.

"약하긴, 저 정도라면 엄청난 실력자지. 게다가 저 백호의 움직임 좀 봐. 어지간한 고수는 찜 쪄 먹을 정도로 날래고 날카로운 움직임이야. 저 백호가 아니었으면 진작에 끝났을 싸움이고."

여우희의 말에 곽종과 전풍은 동의를 한다는 듯 크게 고개를 끄덕였다.

"그런데 저 백호를 뭐란다고요?"

전풍이 고개를 뒤로 쭈욱 빼며 물었다.

그의 시선이 머무는 곳에 우연인지 아니면 필연으로 만나게 된 것인지 아직은 모든 것이 모호한 불청객(?)이 전풍 일행과 마찬가지로 진지하게 싸움을 지켜보고 있었다.

"설산대호(雪山大虎)요."

벌써 다섯 번째 물음에 단우린이 약간은 날카로운 목소리로 대답했다.

나흘이라는 고수의 공격을 받으면서도 전장을 헤집고 다니는 것도 부족하여 적진을 아예 초토화시키는 진유검의 활약에 넋을 잃고 빠져 있던 그녀에게 질문을 빙자한 전풍의 방해는 무척이나 짜증나는 일이었다.

"아, 맞다. 설산대호. 단우 소저 말대로 확실히 영물은 영물인가 봅니다. 독고 형님이 저리 고전을 하는 것을 보면."

"야수궁에서 뭔가 특별한 방법으로 사육한 것 같네요. 설산대호가 아무리 영물이라도 저 정도 고수의 공격을 몇 차례나 감당한다는 건 말이 안 돼요."

단우린의 말에 진유검이 아니라 독고무의 싸움에 집중하고 있던 하도해가 고개를 저었다.

"꼭 그런 건 아닌 것 같다."

"아니라고? 어째서?"

단우린이 두 눈을 상큼하게 치켜뜨며 물었다.

"자세히 보면 정타로 맞은 것이 거의 없어. 교묘하게 빗겨 맞은 것이 전부지. 뭐, 그것만으로도 대단하긴 하지만."

"그래? 뭐, 숙부가 그렇다면 그런 것이겠지."

"하지만 버티는 건 여기까지 같군. 더 이상은 힘들겠어. 제대로 걸렸다."

안궁의 말에 대화를 나누던 두 사람이 재빨리 전장으로 고개를 돌렸다.

단우린은 천마수가 백호의 정수리를 내려치는 순간 자신도 모르게 두 눈을 질끈 감았다.

지금까지와는 비교도 되지 않을 정도로 처절한 포효를 내뱉은 백호가 비틀거리며 뒷걸음질 치기 시작했다.

천마수로 펼치는 천마멸강수를 정통으로 맞았음에도 절명하지 않고 물러난 백호는 찰합의 곁에 도착하고 그의 다리에 피가 쏟아져 나오는 머리를 두어 번 비빈 다음에야 비로소 천천히 무너져 내렸다.

아무런 말도 없이 그저 붉게 충혈된 눈으로 백호의 마지막을 지켜본 찰합은 백호가 완전히 숨을 거두자 백호의 커다란 머리를 가만히 품에 안고 한참이나 입을 맞춘 뒤 천천히 몸을 일으켰다.

백호의 피로 머리에서 발끝까지 흠뻑 적신 찰합의 모습은 보는 것만으로도 두렵고 섬뜩한 느낌이 들게 만들었다.

그러나 자식과도 같았던 백호의 죽음으로 인해 분노가 하늘을 찌른다고 해도 애당초 백호의 활약으로 지금껏 목숨을 부지한 그였다.

부족한 실력이 그저 분노 하나만으로 완전히 메꿔질 수는 없는 것이고 상대인 독고무 역시 수하들의 죽음으로 인해 화가 날 대로 난 상황이었다.

백호의 숨이 끊어지고 고작 십여 합, 찰합이 평생 동안 일궈낸 내력과 갈고닦은 실력을 동원하여 독고무를 공격했지만 그의 공격은 천마벽의 단단한 방어막을 단 한 차례도 뚫지 못했고 도리어 매섭게 파고든 천마수에 온몸이 만신창이가 되어버렸다.

툭!

둔탁한 소리.

독고무의 공세에서 간신히 벗어나 겨우 숨을 돌리고 있던 찰합의 시선이 옆으로 돌아갔다.

자신의 곁으로 툭 떨어진, 두려움과 공포에 질린 나휼의 머리를 보며 그는 모든 것이 끝났음을 직감했다.

퍽!

찰합의 가슴을 파고든 천마수가 그의 심장을 움켜쥐었다.

고통으로 입을 쩍 벌리고 두 눈을 까뒤집던 찰합의 고개가 힘없이 옆으로 꺾였다.

천천히 숨을 고르며 물러나는 독고무가 찰합의 피를 조금씩 흡수하는 천마수를 물끄러미 바라보았다.

천마수에서 묵빛 광채가 뿜어져 나오는가 싶더니 이내 사라졌다.

"괜찮냐?"

나휼의 머리를 날려 버린 진유검이 독고무 곁으로 다가와 물었다.

"괜찮냐니?"

"부상당한 것 아냐? 그게 아니라면 이렇게 헤맬 이유가 없잖아?"

진유검이 의아한 눈빛으로 독고무를 살폈다.

"강한 상대였다. 저 백호도 영물이고."

독고무가 영문을 모르겠다는 표정을 지었지만 전혀 통하지 않았다.

"장난하냐?"

진유검이 미간을 찌푸리며 반문하자 독고무는 그제야 민망한 웃음을 흘렸다.

"방심하다 살짝 긁혔다. 상처는 문제가 아닌데……."

독고무가 왼쪽 팔뚝을 살짝 치켜 올렸다.

"독?"

"그래, 꽤나 지독했어. 독을 몰아내느라 제대로 내력을 운용하지 못했다."

"내 예상이 맞았네. 확실히 움직임이 둔했어. 지금은 괜찮지?"

"보시다시피."

독고무가 어깨를 으쓱거리며 주변을 둘러보았다.

천마신교 제자들을 그토록 괴롭혔던 호랑이는 이미 모조리 숨통이 끊어진 상태였고 주변을 에워싸고 있던 야수궁의 병력 또한 대부분이 싸늘한 주검이 되어 사방에 널려 있었다.

천마신교 제자들도 목숨을 잃은 자가 제법 보였으나 예상보다는 훨씬 적었다.

큰 피해 없이 압승을 거두는 데 진유검의 활약이 결정적이었을 터였다.

독고무는 진유검의 옷 곳곳에 묻은 핏자국을 보며 그가 얼마나 열심히 싸웠는지 짐작할 수 있었다.

아마도 호랑이에 대한 별다른 대비 없이 공격을 서두르는 바람에 초반에 피해를 본 것에 대한 미안함 때문이었을 것이다.

"고생했다."

독고무가 진유검의 팔을 툭 친 뒤 고개를 돌렸다.

"여세를 몰아서 바로 몰아붙인다."

천마신교의 제자들은 힘찬 함성으로 독고무의 명을 받았다.

진유검과 독고무는 어깨를 나란히 한 채 잔당들을 찾아 움직였다.

반각도 되지 않아 도착한 맞은편 숲에선 엄청난 혼전이 벌어지고 있었다.

전체적인 병력의 수는 천마신교가 압도하고 있었지만 야수궁의 반격도 만만치 않았다.

특히 야수궁 최강을 자랑한다는 만수당의 전투력은 묵첩파가 어째서 그들을 그토록 애지중지하고 아끼는지 확실히 보여주었다.

싸움이 시작된 지 제법 시간이 흘렀음에도 난전에 빠진

납호족과는 달리 만수당은 크게 전열이 흐트러지지 않고 견고한 진영을 구축하며 천마신교의 전력을 야금야금 갉아 먹고 있었다.

그토록 견고했던 진영이 무너지는 것은 실로 눈 깜짝할 사이였다.

전장에 도착하자마자 만수당을 목표로 한 독고무와 진유 검이 그들의 진영 좌우에서 치고 들어가며 무자비한 살수 를 뿌린 것이다.

만수당의 무인들이 아무리 뛰어난 무공을 지녔다고 해도 그 기준 자체가 달랐다.

당금 무림에서 최고의 고수로 알려진 진유검과 근래 들 어 장족의 발전을 한 독고무의 무위는 그들이 상상하는 것 이상으로 가공했다.

진유검과 독고무의 일합을 감당하는 자들이 아무도 없었 고 그들이 지나간 자리엔 추풍낙엽처럼 쓰러진 시신만이 즐비했다.

전열을 재정비하기 위해 필사적으로 노력하던 만수당 당 주가 독고무의 천마수에 심장이 꿰뚫리고 만수당을 돕기 위해 달려오던 납호족의 장로들마저 진유검과 임소한의 검 에 의해 쓰러지면서 사실상 싸움은 끝난 것이나 다름없었 다.

힘든 싸움을 하고 있던 천마신교의 제자들은 교주와 지원군의 등장에 사기가 충천했고 반대로 야수궁의 사기는 바닥을 쳤다.

지원군이 나타났다는 것은 곧 그들을 치기 위해 움직였던 나휼과 찰합 등이 목숨을 잃었다는 것을 의미하는 것이기 때문이었다.

야수궁의 무인들은 전황이 절망적으로 변해감에도 단 한 명도 항복을 하지 않는 독한 모습을 보여주었고 야수궁과 원한이 깊었던 천마신교 또한 애당초 항복을 권할 생각은 없었다.

독고무와 진유검이 지원군을 이끌고 본격적으로 싸움에 개입한 지 고작 일각, 마지막까지 대항하는 최후의 일인까지 완벽하게 주살한 뒤에야 비로소 피비린내는 싸움이 막을 내렸다.

*　　　*　　　*

와장창!

상이 엎어지고 상 위에 있던 술병과 술잔, 안주 등이 바닥을 나뒹굴었다.

"꺼져라! 모두 꺼져!"

묵첩파의 살기 어린 음성에 술시중을 들던 기녀들이 겁에 질린 얼굴로 물러났다.

기녀들이 물러나기도 전 야수보다 더 살벌한 묵첩파의 눈빛이 일액을 향했다.

"뭐가 어떻게 되었다고?"

묵첩파는 술잔을 움켜쥔 손에서 피가 줄줄 흐르고 있음에도 의식조차 하지 못했다.

"천마신교를 견제하던 병력이 당했습니다."

일액이 비교적 차분한 음성으로 대답했다.

묵첩파의 흉험한 살기를 접하고 있음에도 일액은 평상심을 유지하고 있었다.

"만수… 당은 어찌 되었느냐?"

만수당이란 이름을 거론하는 묵첩파의 음성이 살짝 떨렸다. 그만큼 아끼는 수하들이란 뜻이다.

"단 한 명의 생존자도 없다는 보고입니다."

"빌어먹을!"

치미는 화를 참지 못한 묵첩파가 손에 생긴 상처를 조심히 돌보던 애첩을 후려쳤다.

비명도 지르지 못하고 삼 장여를 날아간 애첩은 그대로 고꾸라져서는 일어날 줄 몰랐다.

살짝 인상을 찌푸린 일액이 호위대장 옹니에게 눈짓을

보내 그녀의 시신을 치우라 명했다.

"꽁무니만 빼던 천마신교 놈들이 그렇게 돌변할 리는 없을 테니 하면 결국 그놈이겠군."

애첩의 죽음으로 조금은 흥분을 가라앉힌 것인지 묵첩파의 음성이 살짝 누그러졌다.

"록한 족장도 그렇게 예상하고 있었습니다."

일액의 시선이 초조한 기색이 역력한 록한에게 향했다.

"이번 일, 수호령주인가 뭔가 하는 놈이 개입된 것이냐?"

묵첩파가 스산한 눈빛으로 물었다.

"수하들이 모든 싸움이 끝난 후 전장에 도착을 했기에 확실하다 말씀드릴 수는 없지만 정황상 그렇게 추측하고 있습니다."

"아니, 추측이 아니라 확실할 것이다. 루외루에서 보낸 놈들이 몰살을 당했다는 보고를 들었을 때부터 불안했어. 그렇다고 이리 쉽게 당할 줄은 몰랐지만."

이를 부득 갈던 묵첩파가 뭔가 생각났다는 듯 황급히 물었다.

"루외루 말이다. 몰살당한 놈들 말고 다른 놈들도 오고 있다고 하지 않았느냐? 인원도 훨씬 많다고 한 것 같은데."

"그렇습니다. 하지만 그들은 앞선 자들이 수호령주에게 당하는 것을 확인했는지 움직임을 멈췄습니다."

"보고에 의하면 서로 가까이 있었다고 했다."

"그렇습니다."

"한데 아군이 당했는데도 복수할 생각을 하지 않았단 말이냐?

묵첩파는 물론이고 주변에 모여 있던 야수궁의 핵심 수뇌들 모두가 어이없다는 표정을 지었다.

록한이 미처 대답을 하지 못하자 일액이 특유의 무심한 표정으로 말했다.

"아마도 위에서 지시가 내려왔을 겁니다. 절대로 충돌하지 말라는 엄명을 내렸겠지요."

"비겁한 놈들 같으니!"

묵첩파가 누런 가래침을 탁하고 뱉으며 루외루의 행동을 비웃었다.

"비겁한 것이 아닙니다."

"뭐라?"

묵첩파의 왼쪽 눈꼬리가 매섭게 올라가며 얼굴 전체가 균형을 잃고 일그러졌다.

그것이 묵첩파가 극도로 분노했을 때 드러나는 표정이라는 것을 알기에 다들 두려움에 떨었지만 일액은 동요하지 않았다.

"주력이 빠졌다지만 천마신교 총단을 초토화시킨 자들입

니다. 그런 자들이 수호령주에게 몰살을 당한 상황에서 다른 자들이 무엇을 할 수 있을까요? 만약 궁주님이라면 어떤 명령을 내리시겠습니까? 만수당이 몰살을 당한 상태에서 그보다 훨씬 약한 수하들이 옆에 있다고 복수를 하라 명을 내리실 수 있겠습니까?"

"그건……."

발끈한 표정을 짓기는 했으나 묵첩파는 결국 대답을 하지 못했다.

명색이 야수궁의 궁주로서 잘못된 명령 하나에 얼마나 많은 수하가 헛되이 목숨을 잃을지 너무도 잘 알고 있기 때문이었다.

"어차피 일은 벌어졌습니다. 지금은 대비책을 세우는 것이 중요하다고 봅니다, 궁주님. 당연히 치고 올라오겠지?"

청사족장 융황이 일액에게 물었다.

"예, 천마신교가 어느 정도의 피해를 입었느냐에 따라 시기가 조금 늦춰질 수도 있겠지만 배후를 공격당하는 것은 시간문제입니다."

"결국 먼저 쓸어버리느냐, 아니면 합공을 당하느냐군."

"그렇습니다. 그나마 다행이라면 루외루 쪽에서 병력을 추가로 투입하겠다는 연락이 온 것입니다. 그들과 힘을 합쳐 최대한 빨리 공격해야 합니다."

루외루란 말에 묵첩파의 얼굴이 짜증으로 일그러졌다.

그는 연합이라는 명분으로 자꾸만 싸움에 끼어들려고 하는 루외루의 행태가 영 마음에 안 들었다.

오롯이 야수궁의 힘으로 모든 승리를 거둬야 했으나 루외루로 인해 승리의 영광이 희석된다는 느낌도 들었다.

그렇다고 무시를 할 수도 없는 것이 상황의 흐름이 영 좋지 않았다.

"빌어먹을 루외루! 쳐 죽일 수호령주!"

묵첩파의 입에서 신경질적인 욕설이 터져 나왔다.

*   *   *

야수궁이 천마신교로 인해 골머리를 싸매고 있을 즈음 서전에서 패하고 한참을 퇴각한 강남무림 연합군 또한 같은 문제로 회의를 거듭하고 있었다.

양측 진영의 분위기는 확연히 달랐다.

야수궁이 천마신교의 북상을 상당한 위협으로 받아들이는 반면 강남무림 연합군 쪽에선 그야말로 하늘에서 내려온 구명줄처럼 여겼다.

다른 곳도 아니고 천마신교의 도움을 받는다는 것이 자존심 상하고 영 떨떠름했으나 그들은 위기에 빠진 천마신교를 무황성의 수호령주가 먼저 구했다는 점을 강조하며 애써 자위했다.

회의는 남궁결을 대신한 남궁학이 주재하고 있었지만 사실상 주도적인 역할을 하는 사람은 서전에서 눈부신 활약을 보여준 형산파의 번강이었다.

남궁결의 죽음에 심적으로 엄청난 타격을 받아 반쪽이 된 얼굴로 나타난 남궁세가의 대원로 남궁판은 그런 상황이 마뜩치 않음을 노골적으로 나타냈으나 대세를 거스르지는 못했다.

"어쨌든 천마신교가 건재함으로써 최악의 상황은 면한 것 같습니다. 이제 저들과 어찌 힘을 합쳐 야수궁을 몰아낼지 판단해야 할 것입니다."

번강의 말에 나부문주 자운산이 입을 열었다.

"일단은 조금 더 물러나는 것이 좋다고 봅니다."

"퇴각이라니 그 무슨 말씀입니까? 패퇴는 한 번으로 족합니다."

대호문주 철연심이 눈을 부릅떴다.

야수궁과의 싸움에서 가장 많은 피해를 본 문파는 선봉에선 나부문과 퇴로를 책임졌던 대호문이었다.

퇴각하는 군웅들을 위해 누구보다 격렬한 싸움을 했던 철연심은 그것을 증명이라도 하듯 어깨는 물론이고 머리까지 붕대를 감고 있었다.

왼쪽 얼굴에 당한 검상의 상처도 제법 깊었지만 다른 곳에 비하면 부상이랄 것도 없었다.

"패퇴가 아니라 작전상 후퇴라고 하는 것이 좋겠군요."

"작전상 후퇴라면……."

"야수궁 또한 천마신교가 북상한다는 것을, 자신들의 배후가 공격을 당할 것임을 모르지 않을 것입니다. 그렇다고 지난번과 마찬가지로 또 다른 병력을 움직여 막을 수도 없습니다. 비록 우리가 놈들에게 패했다고는 하나 그런대로 전력을 잘 유지한 상황이고 수호령주가 가세한 천마신교의 전력 또한 이전과는 비교할 수가 없기 때문입니다. 지금의 천마신교를 치고자 한다면 최소한 절반 이상의 병력은 움직여야 한다고 보는데 절대로 있을 수 없는 일입니다."

"병력을 나눈다? 미친 짓이지."

자청포가 술잔을 탁 내려놓으며 코웃음을 쳤다.

어쩌면 강남무림, 나아가 무림의 운명을 결정하는 자리에서 한가로이 술잔을 기울이고 있음에도 그 누구도 문제를 제기하거나 기분 나쁘게 생각하지 않았다.

철연심이 퇴로를 확보하기 위해 누구보다 격렬한 싸움을 벌였다면 노도처럼 밀려드는 야수궁을 온몸으로 막아서며 혈전에 혈전을 거듭한 자청포는 영웅 중의 영웅. 퇴각하기 직전에 적들의 합공을 받은 그는 제자들의 희생으로 간신히 목숨을 부지한 채 퇴각해 혼수상태로 지내다 고작 두 시진 전에 겨우 정신을 수습했다.

그런 상황에서 모두의 만류에도 불구하고 굳이 회의에 참석을 하니 지금 그가 마시고 있는 술이 단순히 여흥을 위하는 것이 아니라 고통을 이기기 위함임을 모르는 이는 아무도 없었다.

"술은 상처에 좋지 않습니다."

자운산이 걱정 어린 표정으로 다시금 술병을 드는 자청포의 팔을 잡았다.

"괜찮다. 죽을 목숨이었으면 진즉에 죽었을 터. 신경 쓰지 말고 하던 얘기나 계속해 보거라. 어째서 퇴각을 해야 하는 것이냐?"

뿌리치는 힘을 이기지 못하고 팔을 놓친 자운산이 한숨을 내쉬며 말을 이었다.

"병력을 나누어 배후에서 공격할 천마신교를 막지 못한다면 저들이 선택할 수 있는 것은 한 가지뿐입니다."

"총공세로군요."

번강이 말했다.

"예, 천마신교가 공격을 하기 전에 최대한 빨리 싸움을 끝내려고 할 것입니다."

"하면 더 좋은 기회가 아니오? 서두르다 보면 반드시 허점을 보이게 될 것이고 그 허점을 파고들면 생각보다 쉽게 승리를 거둘 수 있다고 생각하오만."

운선장주 효문의 말에 철연심이 격하게 맞장구를 쳤다.

"지난번엔 예상치 못한 기습에 당황하여 일이 꼬였습니다. 준비만 제대로 된다면 능히 격파할 수 있습니다."

"천마신교의 도움 없이 야수궁을 격파할 수만 있다면 이보다 더 좋은 그림은 없기는 하오만……."

효문과 철연심의 의견에 힘을 보태려던 염고한이 갑자기 말끝을 흐렸다.

어둔 표정을 하고 있는 남궁학의 모습에서 지난 싸움에서 남궁세가를 공격하며 결정적인 변수 역할을 했던 자들을 떠올린 것이다.

"루외루의 움직임을 간과해서는 안 될 것이오."

"놈들이 강하다는 것은 알지만 남궁세가와의 싸움에서 인원이 많이 준 것으로 알고 있습니다. 게다가 그때는 남궁세가의 전력은 사방으로 흩어진 상황이었습니다. 이번에 다시 붙는다면 이전 싸움과는 양상이 완전히 다를 것이라 봅니다."

철연심이 남궁세가 사람들의 눈치를 슬쩍 보며 목청을 높였다.

"당연합니다."

남궁학이 주먹을 꽉 쥐며 조용히 읊조렸다.

고개를 숙인 채 한 혼잣말이었으나 그 음성이 어찌나 차갑고 살벌했는지 듣지 못한 이가 없었다.

"나쁜 생각은 아닙니다. 승리할 가능성도 충분합니다. 다만 적의 총공세를, 게다가 루외루의 지원까지 얻은 적과 정면으로 싸운다면 설사 승리를 거둔다고 해도 피해가 막심할 것입니다."

"그러니 결국 퇴각을 하면서 천마신교의 지원이나 기다리자는 겁니까?"

철연심이 약간은 빈정거리듯 물었다.

"상처뿐인 승리를 얻는 것보다는 그 편이 낫다고 봅니다. 또한 천마신교의 지원만 기다리는 것은 아닙니다."

"다른 지원군이 있단 말입니까?"

번강이 반가운 얼굴로 물었다.

자운산의 시선이 남궁판과 남궁학에게 향했다.

"외람된 추측인지는 모르나 남궁세가에서 이대로 두고만 보고 있을 것 같지는 않습니다. 언젠가 아버님께서 남궁세가의 진정한 힘은 보여지는 것보다 보여지지 않은 곳에 있다고 말씀하셨지요."

자운산의 말에 자청포가 큰 웃음을 터뜨렸다.

"기억하고 있었느냐? 맞다. 이 애비가 그런 말을 한 적이 있지. 그리고 그건 틀림없는 사실이다. 아니 그렇습니까?"

자청포가 남궁판을 직시하며 물었다.

잠시 멈칫하며 대답을 미루던 남궁판이 천천히 고개를 끄덕였다.

"틀린 말은 아닙니다. 그리고 본가는 이미 움직였습니다."

"하면 지원군이 온다는 말이 사실입니까?"

염고한이 놀란 얼굴로 물었다.

"예, 형님께서 직접 오시는 것으로 알고 있습니다."

"형님이라면… 아!"

누군가를 떠올린 염고한이 입을 쩍 벌렸다.

대부분의 사람이 그런 염고한의 반응에 어리둥절할 때 자청포가 감격에 찬 웃음을 터뜨렸다.

"허허허! 아직 살아 계신 것입니까? 생전에 다시는 검성(劍聖) 선배를 볼 수 없으리라 여겼거늘."

검성이란 말에 일시적인 침묵이 찾아왔다. 순간적으로 그 의미를 이해를 못한 것이다.

"거, 검성이십니까?"

"오오! 그분께서 친히 와주신다니!"

검성이란 별호가 누구를 가리키는 말인지 비로소 깨달은

회의장은 그야말로 난리가 났다.

검성 남궁현백(南宮賢伯).

나이 서른에 당대 무황과의 비무에서 무승부를 기록하며 무림을 경악에 빠뜨린 검의 천재.

양자 간 공방이 백 초로 한정되었고 당시 무황이 손속에 인정을 두었다는 것이 정설로 알려졌지만 남궁현백의 나이가 서른에 불과했다는 것을 감안했을 때 뭇 군웅들은 장차 천하제일검이라는 영광스런 자리는 그의 것이 되리라 확신했다.

군웅들의 예측은 정확하게 십 년 만에 사실이 되었다.

남궁세가를 떠난 남궁현백은 무림을 주유하며 당대 내로라하는 고수들과 아흔아홉 번의 비무를 벌였고 모조리 승리를 거뒀다.

비무행의 대미를 장식할 상대는 이미 십 년 전부터 마음속으로 정한 인물.

온 무림의 눈이 남궁현백이 마지막이라 공언한 백 번째 상대를 향해 쏠렸다.

하지만 안타깝게도 비무는 이뤄지지 못했다. 백 번째 상대였던 무황이 노환으로 세상을 떠난 것이다.

그야말로 전설이 되었을, 무황이 세상을 떠났다는 것보다 두 사람의 대결을 볼 수 없다는 것에 무림이 더 깊은 슬

품에 잠겼다는 말이 있을 정도로 기대를 모았던 비무가 무산된 이후, 남궁현백은 그대로 은퇴를 선언해 버렸다.

그렇다고 완전히 은거를 한 것은 아니어서 이후에도 공식석상에 종종 모습을 드러내기는 했으나 검을 든 모습은 누구도 보지 못했으니 무림은 그저 검성이란 별호를 바치며 그의 영광스런 행보를 기릴 뿐이었다.

이후, 홀연히 나타난 갈천상이 남궁현백과 비슷한 길을 걸으며 백 번의 비무를 벌였고 모조리 승리하여 경천검혼이란 별호를 얻었지만 비무 상대의 명성을 감안했을 때 검성에 비할 바는 아니라는 것이 중론이었다.

"그, 그분은 언제쯤 오시는 겁니까?"

검성이란 전설적인 이름 앞에 번강 역시 흥분을 감추지 못했다.

"정확히는 모르겠습니다만 많이 늦지는 않으실 겁니다."

"검성께서 친히 나서 주시다니 가히 천군만마를 얻는 것이나 다름없습니다. 자, 어떻습니까? 이만한 조건이라면 굳이 큰 피해를 감수하며 정면으로 싸울 필요는 없을 것 같은데요."

남궁세가의 지원군을 확인한 자운산의 목소리엔 절로 힘이 들어갔다.

"험험, 나쁜 것 같지는 않습니다만……."

누구보다 강력하게 정면승부를 주장했던 철연심이 다소 붉어진 얼굴로 헛기침을 내뱉었다.

남궁세가의 지원군이, 그것도 검성이 직접 나서는 것을 확인한 이상 자운산의 주장에 따르는 것이 보다 당연하다는 것은 그 역시 알고 있었다.

다만 손바닥 뒤집듯 곧바로 주장을 바꾸는 것이 어딘지 모르게 민망했던 것이다.

그런 철연심의 심정을 이해했는지 번강에게 회의의 주도권을 내준 채 지금껏 방관자적인 입장을 취하고 있던 남궁학이 정중한 어투로 말했다.

"저 또한 천마신교의 도움 없이 당당히 승리를 쟁취하자는 철 문주님의 주장에 절대적으로 동감을 하고 지지를 보냅니다만 아무래도 루외루라는 변수를 생각하지 않을 수가 없을 것 같습니다. 그들의 병력이 일전에 나타난 자들이 전부라면 큰 문제는 없겠으나 오히려 더 많은 지원군이 나타나지 말라는 법은 없으니까요. 만약 그리되면 지난번과 같은 상황이 또다시 벌어질 수 있습니다. 하니 철 문주께서 양보를 해주시지요. 잠시 퇴각을 하며 시간을 벌고 천마신교, 아니, 최소한 본문의 지원군과 합류를 하여 놈들과 일전을 벌였으면 합니다."

더없이 정중한 남궁학의 태도에 철연심은 기꺼운 마음으

로 그의 부탁을 받아들였다.

"루외루의 지원군이 더 존재한다면 확실히 문제가 되겠군요. 제가 너무 쉽게 생각한 것 같습니다."

철연심에게 가볍게 목례를 한 남궁학이 주변을 둘러보며 말했다.

"하면 작전상 퇴각을 하는 것으로 결론을 내리도록 하겠습니다. 천마신교 쪽에도 우리의 계획을 알렸으면 하는데 어떻습니까?"

자운산이 곧바로 대답했다.

"연합전선을 펼치기 위해서라도 당연히 그래야 한다 봅니다."

"바로 전서구를 띄우도록 하겠습니다."

남궁학의 말에 누구도 반대의 의견을 내놓지 못했다.

이후에도 자운산의 은근한 지원을 업은 남궁학은 많은 의견을 제시했고 대부분이 그의 의견대로 결론이 내려졌다.

회의장의 주도권이 남궁세가로 완전히 돌아온 것을 확인한 남궁판의 입가에 비로소 엷은 미소가 지어졌다.

*   *   *

하란산장 내원.

사흘 동안 하늘을 가렸던 먹구름이 사라지고 오랜만에 따뜻한 햇살이 내리쬐는 백운정에 장주 단우연(單于淵)과 하공(河珙)이 한가로이 담소를 나누고 있었다.

어디서나 흔히 볼 수 있는 광경이었으나 두 사람의 대화는 결코 무시할 수 있는 것이 아니었다.

"몰살이라. 잘됐군. 무이산에서 보여주었던 전력이 꽤나 단단해서 걱정이었는데."

단우연이 연잎 하나를 가볍게 띄운 찻잔을 빙글빙글 돌리며 말했다.

"훗날을 생각하면 잘된 일이기는 하나 지금 당장은 아쉽게 되었습니다. 저들이 활약을 하면 할수록 야수궁에는 이득이었는데요. 당장 천마신교를 견제할 방법이 없습니다."

"뭐, 묵 사제가 어련히 알아서 잘할까. 루외루도 가만히 보고 있지는 않을 것이고. 한 잔 더 하려나?"

"아니, 괜찮습니다."

단우연이 찻주전자를 들자 차가 입에 맞지 않는지 인상을 찌푸린 하공이 고개를 저으며 술잔을 향해 손을 뻗었다.

"루외루에서도 빠르게 반응을 했더군요. 천마신교 쪽으로 움직이던 병력을 곧바로 북상시켰습니다. 아마도 기존 루외루 병력과 합류시킬 생각인 것 같습니다."

"현명한 선택이지. 괜스레 복수 운운하며 덤벼봤자 결과는 뻔할 테니까."

"어쨌든 수호령주가 천마신교를 이끌고 북상을 하면 야수궁도 상당히 버거운 싸움을 할 수밖에 없을 겁니다."

"그렇긴 하겠지만 너무 걱정하지 말게. 묵 사제도 묵 사제지만 방금 얘기했듯 루외루가 이대로 당하지는 않을 테니까."

마치 남의 얘기하듯 태연스럽기만 하던 단우연의 인상이 확 찌그러졌다.

"그나저나 그 아이가 수호령주와 함께 움직이고 있다는 말이 사실인가?"

"예, 몇 번이나 확인을 했습니다만 확실합니다."

"쯧쯧, 아무리 천방지축이라지만 대체 무슨 생각을 가지고."

단우연의 손이 자신도 모르게 술잔으로 향했다.

"사제들은 뭘 하고 있었다던가?"

"녀석들이 있어봐야 그 아이의 고집을 막을 수 있었겠습니까? 장주님도 못하는 일입니다."

"음, 그도 그렇군."

단우연이 멋쩍은 웃음을 지으며 술을 들이켰다.

"위험하지는 않을까?"

"사제들의 말로는 큰 문제는 없을 것이라 했습니다. 수호령주가 린아에게 신세를 진 만큼 문제만 일으키지 않는다면 안전은 보장받을 것이라는군요."

"신… 세? 신세라니?"

"수호령주의 동료들이 루외루와의 싸움에서 부상을 당한 모양인데 치료에 큰 도움을 주었다고 했습니다.

"그렇다면 다행이군. 명색이 수호령주라는 자가 은혜를 베푼 자를 해하지는 않겠지. 그나저나 다른 삼패는 어찌하고 있다던가? 야수궁이 저리 난리를 치는데 행보가 너무 느린 것 아냐?"

"야수궁이 유난히 빨랐던 것뿐입니다. 낭인천은 이미 옥문관을 넘었고 빙마곡 또한 북경을 지났습니다. 마불사도 오늘쯤이면 대도하를 넘을 겁니다."

"거리상 마불사가 가장 먼저 충돌을 하겠군."

"예, 사천무림이 아무래도 다른 곳보다는 분열이 되어서 승전을 하기도 쉬울 것입니다."

"꼭 그렇지도 않아, 그쪽 사람들이 의외로 지독한 면이 많아서 말이지. 아미파나 청성은 그렇다쳐도 당가의 저력은 결코 무시할 수 없을 것이야. 당가를 넘지 못하면 승리를 장담할 수 없지."

"법왕(法王)도 잘 알고 있을 겁니다. 누구보다 치밀한 성격을 지녔으니까요."

"맞아. 노회(老獪:경험이 많고 교활하다)하기까지 하지. 사
제가 골치 좀 아프겠어. 원래 머리 좋은 사람 밑에 있으면
피곤한 법이거든."

"그렇… 긴 하지요."

하공이 자기도 모르게 단우연을 응시했다.

"험험, 물론 예외는 있는 법이고."

"누가 뭐라 했습니까?"

가볍게 핀잔을 준 하공이 단우연의 빈 잔에 술을 따르며
말을 이었다.

"사제들이 조금씩 불만을 토로하고 있습니다."

"불만? 어떤 불만?"

"세외사패가 저리 날뛰고 있는데 본산의 제자들만 침묵
을 지키고 있는 것이 마음에 들지 않는 모양입니다."

단숨에 술잔을 비운 단우연이 거칠게 잔을 내려놓았다.

"침묵을 지키고 있지는 않았잖아. 지난번 무황 사건도 그
렇고."

"그걸 활약이라 할 순 없지요. 루외루도 대놓고 활동을
하는 상황에서 본산도 그렇게 하기를 원하는 것 같습니다."

"압력을 많이 받는 모양이군."

"아무래도 자리가 자리다 보니까요."

하공이 쓰게 웃었다.

"하지만 알잖아. 나에겐 그런 권한이 없어. 사부님의 명이 떨어지기 전까지는."

"사부님과 면담을 요구하는 녀석들도 있습니다."

단우연의 입이 쩍 벌어졌다.

"배짱도 좋네. 누가 그런 헛소리를 해?"

"누구겠습니까?"

하공이 생각만으로도 짜증난다는 표정으로 반문했다.

"그렇군. 그 바보 쌍둥이가 아니면 그런 요구를 할 놈도 없겠지. 쯧쯧, 멍청하긴. 요구를 들어주고 싶어도 그럴 수가 없는 걸 뻔히 알면서."

단우연이 한심하다는 듯 혀를 찼다.

"그러게요. 폐관 중이신 사부께서 그만한 일로 폐관을 멈추지는 않으실 텐데요."

순간, 단우연의 움직임이 그대로 멈췄다.

하공의 눈치를 보던 단우연이 조용히 물었다.

"내가 얘기하지 않았나?"

"뭘 말입니까?"

"사부님의 폐관수련은 이미 끝났네."

"예?"

하공의 눈이 휘둥그레졌다.

"한 이십여 일 되었나? 갑자기 나타나셔서 나도 무척이나 놀랐지."

"그걸 이제서야 말씀하시는 겁니까?"

하공이 불같이 화를 냈다.

"미안하네. 사제도 알잖나. 당시 린아가 집을 나가서……."

"……."

"미안하네."

단우연이 슬머시 술잔을 내밀며 사죄했다.

"됐습니다."

신경질적으로 술잔을 낚아챈 하공이 다시 물었다.

"사부께선 지금 어디에 계시는 겁니까?"

"그야 나도 모르지. 바람이나 쐬고 오시겠다면서 나가셨으니까."

"……."

하공은 할 말을 잃었다.

*   *   *

"오느라고 고생했어. 꽤나 먼 길이었는데."

공손유가 금검단을 이끌고 전장에 도착한 공손은의 손을

반갑게 마주 잡았다.

"청 공자도 고생했어요."

"청송이 큰아가씨를 뵙습니다."

청송이 정중하게 허리를 숙였다.

"그런데 몸은 괜찮아? 부상을 당했다고 들었는데."

공손은이 걱정스런 눈길로 공손유의 몸을 살폈다.

"그럭저럭 괜찮아."

"어쩌다가 그런 부상을 당한 거야? 남궁결이란 자가 그렇게 강했어?"

"강했지. 생각보다 훨씬 더. 하지만 내가 더 강했어. 그러니까 이렇게 너와 얘기를 할 수 있는 것이고."

공손유가 부드럽게 웃었다.

"큰 부상이 아니라니 다행이야."

공손은은 공손유의 환한 미소를 보며 그제야 안심을 했다.

두 사람이 인사를 나누는 것을 기다리던 갈천상이 청송을 향해 물었다.

"몽월단이 당했다는 소식을 들었다. 노부가 기억하기론 수호령주와는 절대로 충돌하지 말라는 명이 내려진 것으로 아는데 대체 어찌 된 것이냐?"

"수호령주의 움직임을 제대로 파악하지 못한 게 실책이

었습니다. 천마신교로 이동을 하고 있다는 것만 알고 있었지 설마하니 중간에서 몽월단을 공격할 줄은……."

청송이 어두운 표정으로 말끝을 흐렸다.

"어쩔 수 없는 일이지요. 수호령주의 움직임을 파악했다고 해도 과연 숙부가 피했을지도 의문이고요."

공손유의 말에 공손은이 고개를 끄덕였다.

"맞아. 몽월단과 합류하기 위해 이동하며 그런 생각을 하긴 했어. 수호령주의 움직임을 안다고 해도 숙부의 성정상 피하지는 않을 거라는. 아무튼 안타까워. 만약 우리가 일찍 합류를 했다면 그런 결과는 벌어지지 않았을 텐데."

"장담할 수는 없습니다."

청송의 말에 공손은의 고운 아미가 살짝 찌푸려졌다.

"설마하니 우리가 진다는 말인가요?"

"잊으셨습니까? 그자는 우리가 생각하는 상식의 범주를 벗어난 자입니다. 몽월단과 금검단의 전력을 객관적으로 비교해 봤을 때 몽월단이 우위에 있습니다. 그런 몽월단이 몰살을 당했다면 금검단이 지원을 한다고 해도 결과가 크게 바뀌지는 않겠지요. 그것을 알기에 몽월단에서도 절대로 접근하지 말라는 연락을 한 것이라 봅니다."

공손은은 몽월단이 마지막으로 보내온 피가 묻은 전서구를 떠올리며 입술을 파르르 떨었다.

"문제는 그자가 천마신교를 이끌고 북상을 하고 있다는 것이지. 생각보다 빠르게 움직이는 것 같다."

갈천상의 말에 공손유가 곧바로 물었다.

"연락이 온 건가요?"

"루에서 온 것은 아니고 야수궁의 본진에서 연락이 왔더구나. 놈들의 이동이 빨라지고 있으니 서둘러 공격을 해야할 것이라고."

"상황의 심각성을 알고 있는 모양이군요. 처음엔 그다지 반기는 눈치도 아니었는데요."

공손유의 입가에 비웃음이 살짝 지어졌다.

"그 정도는 이해를 해줘야겠지. 우리가 야수궁의 입장이라도 그렇게 여길 터이니. 하지만 상황도 그렇고 금검단이 우리와 합류를 한 것도 파악을 했을 것이니 생각이 많이 달라졌을 것이다."

"이제야 동등한 입장에서 연합을 할 생각이 생긴 모양이군요."

"그렇다고 봐야겠지. 만나자는 제안도 하더구나."

"만나자고요?"

공손유가 깜짝 놀란 물었다. 뜻밖의 제안에 조금은 놀란 눈치였다.

"그래, 큰 싸움을 앞두고 얼굴이나 보자는 것이겠지. 굳이 만날 필요는 없다고 본다만."

"아니요. 야수궁의 우두머리를 봐두는 것도 나쁘지는 않을 것 같네요. 약속을 잡지요."

공손유의 눈빛이 호기심으로 반짝반짝 빛났다.

"야수궁의 궁주 묵첩파다."

다짜고짜 반말이었으나 공손유는 동요하지 않고 침착히 예를 차렸다.

"루외루의 공손유라고 해요."

"우두머리가 계집이란 말은 들었지만 이렇게 어릴 줄은 몰랐구나."

갈천상이 자리를 박차고 일어났다.

"말이 너무 지나치군. 루외루의 후계자다. 최소한의 예를 갖춰라."

칼날처럼 쏟아지는 기세에 조금은 놀란 눈으로 갈천상을 바라보았다.

"그러는 영감은 누구지?"

갈천상은 대답하지 않았다.

고개를 숙인 일액이 묵첩파의 귀에 대고 조용히 말했다.

"그가 경천검혼입니다."

"아! 경천검혼!"

감탄인지 비웃음인지 모를 묘한 탄성과 함께 갈천상을 바라보는 그의 눈빛이 달라졌다.

"음, 당신 같은 인물을 수하로 둘 정도면 루외루의 후계자가 확실한 모양이군."

벌떡 일어난 묵첩파가 공손유에게 정중히 포권했다.

"다시 인사드리겠소. 야수궁 궁주 묵첩파라 하오."

예측하기가 쉽지 않은 묵첩파의 행동에도 공손유는 평정심을 잃지 않았다.

"공손유예요."

"참으로 대단한 미모요. 지금껏 공손 소저만큼 뛰어난 미모를 본 적이 없소."

무례하기보다는 솔직한 칭찬이라 느꼈는지 공손유는 날선 반응을 보이지 않았다.

"과찬입니다."

"더 놀라운 것은 이런 아름다운 소저께서 남궁결을 쓰러뜨렸다는 것이오. 내 듣기론 그의 실력이 세상에 알려진 것보다 훨씬 뛰어났다고 들었는데 말이오."

"운이 좋았지요."

"그만한 수준에서 운이란 존재하지 않소. 오직 실력만이 모든 것을 결정할 뿐이지."

묵첩파는 의미심장한 눈빛으로 공손유를 살폈다.

공손유는 노골적으로 자신을 살피는 묵첩파의 시선을 피하지 않고 오히려 그를 면밀히 관찰하기 시작했다.

팽팽한 긴장감, 질식할 것만 같은 시선이 계속 이어지던 어느 순간, 묵첩파가 호탕한 웃음을 터뜨렸다.

"기분 좋은 회담이 될 것 같소."

"동감이에요."

공손유의 입가에도 부드러운 미소가 지어졌다.

59장

씨앗, 열매

후미로 빠졌던 병력을 모조리 쓸어버린 직후, 곧바로 북상한 천마신교는 정확히 하루 만에 야수궁과 강남무림 연합군과의 대규모 싸움이 벌어졌던 묘인산 전장에 도착할 수 있었다.

당시의 치열한 싸움을 보여주기라도 하듯 전장은 처참하기 그지없었다.

황폐해진 경관은 둘째 치고 목숨을 잃고 쓰러진 주검들이 아무렇게나 널브러진 채 온갖 산짐승에게 유린을 당하고 있었다.

"옷차림을 보니 대부분이 강남무림 연합군의 시신으로 보입니다. 야수궁 놈들은 거의 없습니다."

막심초의 보고를 받은 독고무의 눈빛에서 은은한 분노가 흘러나왔다.

"아무리 적이라지만 싸움이 끝나면 시신 정도는 수습을 해주는 것이 예의건만."

"야만스럽기 그지없는 놈들입니다. 애당초 그런 것을 기대하는 것 자체가 무리겠지요."

몽월단의 마수에서 기적적으로 빠져나와 합류한 마도제 일뇌 사도은이 눈살을 찌푸리며 말했다.

"우리라도 수습을 해주는 것이 좋겠다."

진유검이 막심초를 향해 고개를 돌렸다.

"문파를 구분하는 것은 힘들겠지요?"

"예, 시신들의 상태가 그다지 좋지 못합니다."

"그래도 최대한 구분해서 수습하도록 해봐."

독고무의 명령에 막심초는 감히 토를 달지 못했다.

"존명!"

막심초가 명을 받고 물러나자 진유검이 어조인으로부터 받은 서찰을 흔들었다.

"저쪽에서 연락이 왔다. 계속 퇴각 중인데 야수궁의 추격이 상당히 거센 것 같더라."

"야수궁으로서도 어쩔 수 없는 선택일 것입니다. 우리가 합류하기 전에 어떻게든지 승부를 결정지어야 할 테니까요. 혹여 정면승부를 펼치는 것은 아닌가 걱정했는데 그나마 다행입니다."

사도은이 서찰을 읽으며 안도의 숨을 내쉬자 진유검이 피식 웃으며 말했다.

"저쪽도 필사적일 겁니다. 남궁세가의 가주마저 당한 상황에서 아차 하면 끝장이니까요."

"남궁세가의 가주가 당했다는 소식을 들었을 땐 솔직히 절망적이었습니다. 남궁세가야 그렇다 쳐도 과연 강남무림 연합군을 이끌 사람이 있을까 걱정을 많이 했으니까요. 형산파의 문주가 남궁 가주의 역할을 대신할 줄은 꿈에도 몰랐습니다. 난세는 영웅을 만든다고 하더니 그말이 틀림없는 것 같습니다."

"나부문의 문주도 많은 역할을 하는 것 같더군요. 두 사람이 마음이 잘 맞는 모양입니다."

"상황이 그리 좋은 것 같지는 않지만 어쨌든 우리가 도착할 때까지는 충분히 버텨 주겠지."

독고무의 말에 사도은의 표정이 조금은 어두워졌다.

"그래도 조금 더 서둘러야 할 것 같습니다. 남궁세가를 기습하면서 지난 싸움에 결정적인 변수로 작용했던 루외루의 병력이 상당히 증가했다는 소식이 있습니다. 일전에 본교를 공격하기 위해 움직였던 자들로 예상되는데 야수궁만이라면 몰라도 루외루의 전력이라면 버티기 어려울 것입니다."

"흠, 그럴 수도. 특히 난 남궁결의 목숨을 빼앗았다는 여인이 궁금해."

독고무가 진유검을 심드렁한 표정으로 바라보며 말을 이었다.

"남궁결의 무공이 나와 비견된다고 했었지 아마."

진유검이 씨익 웃었다.

"말이 그렇다는 것이지. 천하의 독고무가 누구와 비견될 사람은 아니잖아."

"입에 침이나 발라."

"농담 아니니까 자신감을 가져. 그리고 말씀대로 루외루의 움직임이 위협적이기는 하지만 너무 걱정할 건 없을 것 같습니다."

진유검의 말에 사도은이 엷게 웃으며 물었다.

"그럴 만한 이유라도 있는 것입니까?"

"남궁세가에서 지원군이 오고 있다고 합니다."

"역시 그렇군요. 다른 곳은 몰라도 남궁세가라면 그만한 여력이 있을 것이라 여겼습니다. 아마도 일선에서 물러났거나 은거를 한 원로들일 것입니다."

"예상이라도 하신 듯합니다."

진유검이 역시나 하는 얼굴로 말했다.

"조금은요. 다른 사람도 아니고 가주가 목숨을 잃었으니 남궁세가로선 치욕적인 일이지요. 명예 회복을 위해서라도 전력을 다할 것이라 생각했습니다."

"맞습니다. 검성이란 분이 직접 움직이셨다는군요."

순간, 사도은은 물론이고 대화엔 참여치 않고 묵묵히 자리를 지키고 있던 혈륜전마의 눈마저 휘둥그레졌다.

"지, 지금 검성이라 하셨습니까?"

혈륜전마가 벌떡 일어나며 물었다.

"그렇습니다. 아시는 분입니까?"

"알지요, 알다마다요. 어찌 모르겠습니까? 검성이란 그 이름을."

혈륜전마가 분노인지 아니면 경외감인지, 그것도 아니면 설렘인지 도저히 구분이 되지 않는 표정을 지으며 지그시 눈을 감자 진유검과 독고무가 사도은을 향해 동시에 고개를 돌렸다.

겨우 마음을 진정시킨 사도은이 검성에 대해 조용히 설명을 시작했다.

"…검성의 비무행은 정사마를 가리지 않고 이어졌습니

다. 그리고 그의 비무첩은 본교에도 도착을 했지요. 그중 한 사람이 바로 당시 본교의 태상 호법이던 환상마륜(幻想魔輪)이었습니다."

"환상마륜이라면 혈륜전마의……."

독고무가 여전히 눈을 감고 있는 혈륜전마를 힐끗 바라보며 말끝을 흐렸다.

"저 친구의 사부되시지요."

"비무의 결과는 군이 설명할 필요가 없겠군."

"예, 검성은 이후에도 승리를 거듭하며 정확히 아흔아홉 번의 비무에서 승리를 거뒀습니다. 하지만 안타깝게도 마지막 상대와의 비무를 마치지 못하고 그대로 은퇴를 하고 말았습니다. 그리고 보니 벌써 오십여 년 전의 일이로군요."

"마지막 상대라면 혹 비무행을 시작하기 전에 무승부를 기록했다는 무황입니까?"

진유검이 호기심 어린 표정으로 물었다.

"정확합니다. 무황이 마지막 비무 상대였고 일설에 의하면 무황 역시 검성과의 대결을 손꼽아 기다렸다고 하더군요. 아쉽게도 무황이 노환으로 세상을 뜨는 바람에 온 무림인이 기다리던 대결은 이뤄지지 않았습니다."

"은퇴를 한 이유가 어쩌면 허망함 때문일 수도 있겠군.

비무행 자체가 무황에게 제대로 도전하기 위한 그만의 의식일 수도 있었을 텐데 말이야."

독고무는 검성의 마음을 이해할 수 있다는 듯 안타까운 표정을 지었다.

"아무튼 잘된 일입니다. 이미 세상을 뜬 것으로 알려졌던 검성이 남궁세가의 명예를 위해 다시금 검을 잡았으니 강남무림 연합의 입장에선 가히 천군만마를 얻는 것이나 다름없습니다. 루외루라는 변수가 마음에 걸리기는 하지만 검성이라면 능히 이겨낼 수 있을 것입니다."

확신에 찬 사도은의 음성에 진유검과 독고무는 다소 의외라는 표정을 지었다.

그 어떤 사람보다 신중하고 매사에 조심스러운 사도은이 그토록 절대적인 확신을 하는 모습은 두 사람에게 상당히 새롭게 느껴졌다.

'검성이라……'

서로 마주보는 진유검과 독고무는 검성이란 인물에 대한 궁금증이 가득한 표정이었다.

＊　　　＊　　　＊

남궁세가 가주의 죽음은 무림에 엄청난 충격을 가져왔다.

비록 그 상대가 무림삼비 중 하나인 루외루의 고수라 할지라도 다른 곳도 아닌 강남무림의 패자 남궁세가였기에 가주 남궁결의 패배와 죽음은 쉽게 받아들여지지 않았다.

특히 자존심에 치명적인 상처를 받은 남궁세가는 그 결과를 결코 용납할 수가 없었다.

굳게 닫혔던 남궁세가의 문이 열린 것은 묘인산 싸움의 결과가 알려지고 정확히 반나절 만의 일이었다.

가주 남궁결의 죽음에 대한 응징과 남궁세가의 명예회복이라는 명제를 가지고 세가를 떠난 인원은 정확히 일곱 명이었다.

비록 인원은 지원군이라 부를 수 없을 정도로 단출했지만 그들의 면면을 살펴보았을 때 개개인이 가히 일당백, 아니, 일당천의 고수로 구성되었으니 지원군으로선 차고 넘친다 할 수 있었다.

늦은 오후, 남궁세가를 떠난 원로들이 봉황림(鳳凰林)에 도착했다.

"잠시 쉬어가세. 이제 저 산만 넘으면 아이들과 만날 수 있을 것 같으니."

백설보다 하얀 수염을 배꼽까지 드리운 노인이 나무 등걸에 앉으며 말했다.

"그럽시다, 형님. 이거 삭신이 쑤셔 걸을 수가 없어요."

나이에 걸맞지 않게 육중한 몸을 자랑하는 노인이 그대로 주저앉으며 다리를 주물렀다.

"쯧쯧, 그렇게 평소 몸을 움직여야지. 허구한 날 낚시나 하고 앉아 있으니 그 모양 아닌가?"

나이를 가늠키 어려울 정도로 연로하였으나 날카로운 눈빛과 고집스런 입매를 지닌 노인이 혀를 차며 나무랐다.

"얼마나 더 산다고요. 만사 다 잊고 그저 낚시로 소일이나 하다가 조용히 가렵니다."

"에잉! 그놈의 성격은 예나 지금이나 마음에 안 들어."

고개를 홱 돌리는 노인을 보며 곳곳에서 넉넉한 웃음이 흘러나왔다.

"나쁘지 않아."

노인들 중 유난히 눈에 띄는 사람이 입을 열었다.

모두의 시선이 약속이라도 한듯 그에게 향했다.

백발이 성성한 이들과는 달리 반백의 머리를 뒤로 가지런히 넘겨 묶었고 낯빛 또한 대춧빛으로 빛나는 중년인.

체구는 보통 사람과 다르지 않았으나 어딘지 모르게 힘이 느껴지는 것이 예사롭지 않았다.

그가 바로 검신 남궁건 이후 남궁세가가 배출한 불세출

의 천재 검성 남궁현백이었다.

"기다림의 미학만 제대로 깨칠 수 있다면 원하는 것을 얻을 수 있을 것이네."

"꼭 뭘 원해서 그런 건 아닙니다."

말을 그리하면서도 육중한 체구를 지닌 노인은 검성의 격려에 꽤나 기꺼워하는 표정이었다.

"그나저나 아이들은 어디쯤에 있다고 하던가?"

검성이 물었다.

"저 산만 넘으며 진영이 보일 겁니다."

"금방이군. 적당히 쉬고 움직이세. 꽤나 몰리고 있는 모양이던데."

"그래야 할 것 같습니다."

"한심한 놈들 같으니! 망신을 시켜도 유분수지."

"쯧쯧, 말년에 이 무슨 고생인지 모르겠어."

"그래도 심심치 않은 상대라서 다행이야. 다 늙은 우리가 자리를 박차고 일어나려면 최소한 무림삼비 정도는 되어야 하지 않겠나?"

노인들이 경쟁하듯 한마디씩을 내뱉을 때였다.

좌측 평원에서 달구지 한 대가 천천히 다가오고 있었다.

어디에서나 흔히 볼 수 있는 달구지였으나 원로들의 시

선이 집중된 이유는 달구지를 끌고 있는 것이 소가 아니라 사람이라는 것 때문이었다.

달구지 위에는 작은 체구의 노인이 꾸벅꾸벅 졸고 있었고 그 뒤로 삼십 중반의 장한들이 산책하듯 느긋하게 걸음을 옮기고 있었다.

달구지를 보는 원로들의 눈빛이 묘하게 변했다.

익숙하면서도 전혀 익숙하지 않은 풍경.

게다가 사내들의 분위기가 예사롭지가 않았다.

남궁가의 원로들은 그들이 자신의 기운을 안으로 갈무리했음을 한눈에 알아보았다.

[적일까요?]

[그거야 모르지. 하나 수상하긴 하군.]

[만만치 않아 보이는 놈들이네. 나이에 어울리지 않는 실력을 지닌 것 같아.]

[음, 루외루일 수도 있겠군.]

[우리를 노린 건가? 그렇다면 실수한 것이지.]

온갖 추측을 담은 전음이 원로들 사이에서 오갔다.

오직 검성만이 침묵을 지키며 달구지를 바라볼 뿐이었다.

원로들의 경계 어린 시선을 한눈에 받으면서도 움직임을 멈추지 않은 달구지가 마침내 원로들의 지척에 이르렀다.

"우리에게 볼일이 있으신가?"

서늘한 눈빛과 유난히 고집스런 입매를 지닌 노인, 남궁세가의 전전대 장로 남궁선이 한껏 여유를 보이며 물었다.

달구지를 끌던 사내가 신경질적으로 손잡이를 놓으며 대꾸했다.

"있으니까 온 것 아니오!"

사내가 손잡이를 놓았음에도 달구지는 전혀 균형을 잃지 않았다.

아니, 달구지는 한쪽으로 균형을 잃고 기울었지만 그 위에서 졸고 있는 노인이 처음의 자세를 그대로 유지하고 있다는 표현이 정확했다. 물론 꾸벅꾸벅 졸고 있는 모습도 그대로였다.

"젊은 녀석이 입이 꽤나 걸군."

욱중한 덩치를 지닌 노인, 남궁척이 인상을 찌푸리며 다가왔다.

사내는 전혀 아랑곳하지 않고 고개를 획 돌렸다.

"도착했습니다, 사부님. 이제 눈을 좀 뜨시지요."

"네놈이 감히!"

무시를 당했다고 생각한 남궁척이 불같이 노해 사내를 향해 몸을 날리려는 순간이었다.

꾸벅꾸벅 졸고 있던 노인이 가만히 눈을 떴다.

노인의 눈과 시선이 마주치는 순간, 금방이라도 공격을 할 것처럼 흥분했던 남궁척의 몸이 그대로 굳었다.

그가 어째서 움직임을 멈춘 것인지는 남궁척 자신은 물론이고 뒤에 있던 원로들조차 이유를 알지 못했다.

오직 한 사람, 달구지가 나타날 때부터 그 위에 앉은 노인을 응시하고 있던 검성만이 지금의 상황을 이해했다.

"오랜만입니다, 단우 노야(老爺)."

입가에서 시작한 검성의 웃음이 얼굴 전체로 번져 나갔다.

"그렇군. 참으로 오랜 시간이 흘렀어. 한데도 자넨 하나도 변하지 않았군. 노부는 이렇게 꼬부랑 늙은이가 되어버렸는데 말이야."

"노야께서야말로 정말 하나도 변하지 않았군요. 제게 가르침을 주시던 그때 모습 그대로입니다."

"그런가? 기력이 예전과 같지 않아서 말이야."

헛헛한 웃음을 지은 단우 노야가 한껏 기대가 담긴 눈길로 검성의 전신을 훑었다.

검성은 단우 노야의 눈 속으로 자신의 모든 것이 빨려 들어가는 듯한 느낌을 받았다.

그렇다고 딱히 저항을 하거나 피하려 하지는 않았다.

자신의 모든 것을 보여준다고 해도 거칠 것은 없었다.

"좋군. 기연이 있었던 모양이야. 하긴 지금의 모습이라면 반로환동(返老還童)을 했다고 해도 믿겠어."

단우 노야가 흡족한 미소를 지으며 고개를 끄덕였다.

"기연이라면 기연이겠지요. 오만으로 가득 찼던 제 자신을 철저하게 부줬으니까요. 밑바닥부터 다시 시작하니 제가 무엇을 놓쳤는지 조금 보이더군요. 모든 게 다 노야 덕분이었습니다."

잊으려야 잊을 수 없는 과거의 편린이 새록새록 떠올랐다.

무황이 노환으로 숨을 거두고 목표했던 백 번째 비무가 무산되었을 때 만나게 된 노인.

노인의 도발로 처음엔 가볍게 시작한 비무는 평생 동안 잊을 수 없는 패배로 각인되었다.

정체를 묻는 질문에 노인이 던지고 간 '단우'라는 성과 언제고 다시 찾아오겠다는 말은 세월의 흐름을 버텨내며 지금까지 올 수 있었던 원동력이다.

"그랬나? 그랬다니 기분이 좋군. 헛힘을 쓰지 않았다는 보람도 느끼고 말이야. 자네 같은 사람만 있으면 얼마나 좋아. 나름 신경을 써줘도 전혀 나아지지 않는 멍청이들이 천지에 널려서 말이지. 아, 저놈들도 그 멍청한 놈들 중 일부라네."

단우 노야가 네 명의 사내를 향해 고갯짓을 했다.

"사부님!"

발끈한 사내들이 동시에 외쳤다.

단우 노야는 그들의 반발에 콧방귀도 뀌지 않고 말을 이었다.

"그래도 조금은 덜 멍청하다고 생각해서 데리고는 다니는데 그래도 영 마음에 차지 않아."

"마음에 찬 사람은 있었습니까?"

"아주 없다고는 볼 수 없지. 당장 눈앞에 있는 자네도 그렇고 증손주뻘 되는 녀석도 있고. 다만 노부가 큰 짐덩이를 안겨주어서 그런가 발전이 없는 것이 불만이지. 하지만 자네만큼이나 뛰어난 녀석이니 막힌 벽을 뚫어낼 것이네. 저놈들을 비롯해서 사제라는 놈들은 제 사형이 얼마나 뛰어난지 아무도 몰라. 그저 순진하고 마음 착하다는 착각을 하곤 무시하느라 정신없지. 아, 둘째 녀석은 제외해야겠군. 노부만큼이나 그 녀석을 잘 알고 있으니까."

단우 노야가 말하는 사형이 누구를 말하는 것인지 알고 있던 사내들의 얼굴이 딱딱하게 굳었다.

그들은 서로의 얼굴을 바라보며 도저히 믿을 수 없다는 표정을 지었다.

"그러니까 잘하란 말이다. 앞에서만 대사형, 대사형하면서 뒤로는 비웃지 말고."

단우 노야가 제자들을 향해 애정 어린(?) 충고를 마치자 검성이 반대쪽 산을 힐끗 바라보며 물었다.

"한데 저를 막으러 오신 겁니까?"

"설마. 그저 죽기 전에 뿌렸던 씨앗들이나 살펴보려 나선 길이었지."

"저 말고도 많은 씨앗이 있는 거군요."

"그렇지는 않다네. 되도 않는 땅에 씨앗을 뿌릴 정도로 한가하지는 않았으니까."

"영광이군요."

"영광은 무슨. 잘 자라주어서 도리어 노부가 고맙지."

단우 노야는 검성의 성장이 진심으로 기쁜 듯했다.

"하면 조금만 더 기다려 주시겠습니까? 저 역시 마지막 인연을 정리할 시간이 필요합니다."

검성이 정중히 청했지만 단우 노야는 고개를 저었다.

"유감이지만 그럴 수는 없겠네."

"노야를 다시 뵙기를 기대하며 저 또한 실로 오랜 세월을 기다렸습니다. 그런 제게 약간의 시간도 허락을 하지 못하시는 겁니까?"

은은한 분노가 느껴지는 음성이었다.

"그런 이유가 아니라네."

"하면……."

"저쪽에서 벌어지는 싸움 말일세. 큰 녀석에게 맡겨 놓은 짐덩이와 연관이 있어서 말이야. 명색이 집안의 어른이자 사부로서 외면만 하면 너무 미안하지."

검성의 얼굴이 딱딱하게 굳었다.

"루외루입니까?"

"아니라네. 거기는 노부라 해도 함부로 할 수 있을 만큼 만만한 곳이 아닐세."

"야수궁이군요."

검성의 음성은 확신에 차 있었다.

"정확한 것은 아니나 부정할 수도 없군. 거기에도 못난 제자 놈이 하나 있지."

뭔가를 깨달은 것인지 검성의 얼굴에 놀라움이 깃들었다.

"산… 외산!"

단우 노야가 빙그레 미소지었다.

"맞네. 큰 녀석에게 넘겨주긴 했지만 자네를 만날 때만 해도 노부가 짊어지고 있던 짐이었지."

"하면 노야의 목표도 무림제패인 겁니까?"

검성의 얼굴이 실망감으로 처참하게 일그러지고 음성은 절로 높아졌다.

지금껏 그를 패배시킨 단우 노야야말로 무의 궁극을 추구하는 진정한 구도자(求道者)라 여기며 마음속으로 존경하고 있었기 때문인지 단우 노야가 산외산과 연관이 있다는 말에 검성은 단순한 실망감을 넘어 분노까지 하고 있었다.

그런 검성의 감정을 느낀 단우 노야의 음성이 처음으로 진지해졌다.

"산외산의 목표라고 해두세."

"궤변입니다."

"궤변일 수도 있겠지. 편하게 생각하게. 부인할 생각은 없으니까."

"어쩔 수 없군요. 막으신다면 뚫을 수밖에요."

검성의 음성에 냉기가 풀풀 풍겼다.

"바로 그걸세. 자네가 노부를 꺾는다면 시간을 달라는 말 자체가 의미 없는 것이니까."

환한 미소를 지으며 달구지에서 내린 단우 노야가 달구지를 끌던 제자에게 말했다.

"멀찌감치 치우거라. 네 녀석들도 떨어져 있고."

"예, 사부님."

단우 노야의 눈빛이 흥분으로 일렁이는 것을 본 사내는 두말하지 않고 몸을 돌렸다.

사부가 그런 눈빛을 하고 있을 때엔 반문 따위를 절대 용납하지 않는 것은 물론이고 자칫하면 경을 친다는 것을 뼈저린 경험을 통해 알고 있기 때문이었다.

단우 노야가 달구지에서 내리고 제자들이 황급히 물러나자 검성 또한 잔뜩 긴장된 표정을 하고 있는 남궁가의 원로들을 뒤로 물렸다.

몇몇 원로가 거부를 했지만 오십여 년 전부터 이어진 단우 노야와의 인연을 마무리하려는 검성의 의지를 꺾을 수는 없었다.

"내 무기는 이번에도 이것일세."

단우 노야가 나뭇가지 하나를 집어 들었다.

검성은 그 작은 나뭇가지 하나를 꺾지 못했던 자신의 초라한 과거를 떠올리며 쓰게 웃었다.

"저도 같을 것으로 하지요."

검성 또한 단우 노야와 비슷한 크기의 나뭇가지 하나를 들었다.

"좋군. 확실히 좋아."

무엇이 그리 좋은지 단우 노야의 입에선 웃음이 떠나지 않았다.

"자, 그럼 가네."

단우 노야가 나뭇가지를 찔렀다.

마치 동네 꼬마 아이가 장난을 치듯 가벼운 동작이었다.

검성은 오십 년 전과 똑같은 공격에 활짝 웃었다.

아흔아홉 번의 비무를 승리로 거두고 자신감이 하늘을 찌르고 있을 때 자신을 가장 비참하게 만든 공격이었다.

그 옛날 이토록 간단한 공격을 막아내지 못하고 얼마나 쩔쩔맸던가!

일직선으로 날아간 검성의 나뭇가지가 단우 노야의 나뭇가지를 옆으로 슬쩍 밀어내며 부드럽게 나아갔다.

검성의 반응에 만족한 표정을 지은 단우 노야가 왼쪽으로 바람처럼 움직이며 나뭇가지를 사선으로 휘둘렀다.

오른쪽 어깨가 노출되었다는 것을 느낀 검성이 춤을 추듯 부드럽게 몸을 흔들며 나뭇가지를 흘려버리고 단우 노야의 손목을 향해 나뭇가지를 이동시켰다.

생각보다 빠른 반응에 약간은 놀란 표정을 지은 단우 노야가 교묘히 손목을 틀자 오히려 공격하던 검성의 팔이 약점으로 노출되었다.

그런 반격을 예상이라도 했다는 듯 검성 역시 손에 있던 나뭇가지의 방향을 바꾸며 위기에서 벗어난 뒤, 곧바로 역공을 펼쳤다.

순식간에 이십여 초의 공방이 흘렀다.

하지만 그들이 한 것이라곤 서로를 향해 장난처럼 나뭇가지를 뻗고 그것을 피해내며 때때로 반격이라 부르기도 민망한 공격을 펼치는 것이 전부였다.

움직인 공간 역시 반경 일 장 안.

손만 뻗으면 닿을 정도의 거리에서 그 모든 동작이 이뤄진 것이다.

먼 발치에서 싸움을 지켜보던 단우 노야의 제자들과 남궁가의 원로들은 눈앞에서 벌어지고 있는 괴이한 대결을 도저히 이해할 수가 없었다.

산외산의 실질적인 주인 단우 노야의 무공이 저리 무기력한 것은 아닐 터였다.

검신이 남긴 남궁세가 최후의 비전 창천무극검을 극성까지 완성시킨 검성의 무공 또한 능히 하늘을 무너뜨리고 태산을 가를 정도로 강맹한 위력을 지녔을 것이다.

한데 대체 두 사람 사이에 무슨 일이 벌어지고 있단 말인가!

춤을 추는 것과 같이 힘없는 동작은 무엇이고 애들 장난 같은 공방은 무엇이란 말인가!

하지만 그들은 모르고 있었다.

이십여 초의 공방이 마무리되는 동안 서로의 나뭇가지가 단 한 번도 충돌을 일으키지 않았다는 것과 그런 간단한 동작을 하고 있음에도 검성의 이마엔 굵은 땀이 비 오듯 쏟아지고 있다는 것을.

"지금 장난하시는 겁니까, 사……."

뭔가 그럴듯한 대결을 기대했던, 달구지를 끌며 심통을 부리던 사내가 지루함을 참지 못하고 소리를 지르던 찰나였다.

각자의 공간에서만 움직이던 단우 노야와 검성의 나뭇가지가 처음으로 만남을 가졌다.

크게 부딪친 것도 아니고 살짝 스쳐 지나가는 정도의 충돌이었지만 여파는 상상을 초월했다.

꽝!

파스스스슷!

거대한 충돌음과 함께 두 사람을 중심으로 지금껏 경험해 보지 못한 충격파가 휘몰아쳤다.

"피햇!"

맨 뒤쪽에 서 있던 사내가 놀란 눈을 치켜뜨며 입을 쩍 벌리고 있던 사내를 낚아챘고 나머지 두 사내가 전력을 다해 충격파에 대응했다.

"크으!"

두 사람의 입에서 동시에 신음이 터져 나왔다.

한차례 풍파가 지나갔을 때 그들의 입에선 붉은 피가 흘러나오고 있었다.

"조, 조금 더 물러나야겠다."

"예, 예. 사형."

하얗게 질린 사내들은 뒤쪽으로 이십여 장이나 물러난 뒤에야 비로소 자세를 바로 했다. 그건 남궁가의 원로들 역시 마찬가지였다.

그사이에도 단우 노야와 검성의 공방은 불꽃처럼 치열하게 타올랐다.

꽝! 꽝! 꽝!

눈 깜짝할 사이에 오십여 초의 공방이 흘렀다.

밖에서 보기엔 두 사람이 치열한 접전을 펼치는 것처럼 보였지만 사실상 공격은 주로 검성이 주도했고 단우 노야는 마치 제자의 무공을 시험하는 사부처럼 노도처럼 밀려드는 공격을 막아내면서 때때로 가벼운 역공을 펼치기만 했다.

그것을 알 리 없는 남궁가의 원로들은 검성이 승기를 잡았다 여겼다.

더불어 그의 손에서 펼쳐지는 남궁세가의 절학에 경탄을 넘어 감동까지 하고 있었다.

어느 순간, 무엇을 본 것일까?

남궁가 원로들의 눈이 환희에 젖었다.

나뭇가지를 하늘 높이 곧추세운 검성의 기수식을 보면서 그가 창천무극검의 마지막 초식 성화극멸을 펼치려 한다는 것을 눈치챈 것이다.

나뭇가지에서 흘러나온 광채가 나뭇가지는 물론이고 검성의 몸까지 세상에서 지웠다.

마치 주변의 빛이 모조리 빨려 들어가는 듯한 모습에 단우 노야의 제자들마저 긴장한 빛이 역력했다.

"하앗!"

검성의 입에서 승리를 자신하는, 어쩌면 단우 노야에게 자신이 이만큼 성장했다는 것을 알리고자 하는 마음이 담긴 함성이 터져 나오고 수십, 수백으로 갈라진 빛의 파편이 단우 노야를 향해 밀려들었다.

사방 십여 장을 완벽하게 장악한 빛의 무리에 단우 노야의 제자들은 물론이고 남궁가의 원로들까지 경악과 감탄을 넘어 두려움에 몸을 떨었다.

남궁가의 원로들이 검성의 승리를 예감하던 순간, 심지어 사부의 강함에 절대적인 믿음을 지닌 단우 노야의 제자들마저 약간은 불안한 눈빛으로 초조하게 싸움을 지켜보던 바로 그때, 빛무리를 가르는 어둠이 있었다.

태초에 오직 자신만이 진정한, 절대적인 힘이라는 것을 증명이라도 하듯 단우 노야를 향해 밀려드는 빛무리를 모조리 분쇄한 어둠은 빛무리가 쏟아져 나오는 중심을 향해 그대로 돌진했고 그토록 화려하게 주변을 장악하던 빛무리는 순식간에 어둠에 잠겨 버렸다.

천지가 붕괴하는 듯한 충돌음도 없었다.

사방으로 흩어지는 충격파도 없었다.

어둠은 그것마저 잠재워 버렸다.

"크읍!"

검성의 입에서 나직한 신음이 흘러나왔다.

걸레처럼 갈가리 찢긴 의복에 마구 헝클어진 머리카락은 먼지로 뒤덮였고 입을 타고 흘러내리는 피는 붉다 못해 검었다.

그에 반해 단우 노야는 별다른 피해가 없어 보였다.

입고 있는 옷이 조금 흐트러지고 곳곳에 그다지 깊지 않은 상처가 보이는 것이 전부였다.

그것만으로도 단우 노야의 제자들은 검성의 실력을 인정했다.

조금 전, 워낙 놀라운 공격에 혹시나 하는 마음을 잠시 품었으나 역시나 사부의 힘은 그들의 우려를 단숨에 불식시킬 정도로 압도적이었다.

하지만 네 사람의 합공으로도 머리카락 하나 상하지 못하게 할 만큼 절대적인 무위를 지닌 사부의 몸에 상처를 남긴 검성 또한 도저히 사람으로 보이진 않았다.

"역시 강하군요."

검성이 힘없이 중얼거렸다.

"자네도 훌륭했네. 특히 마지막 무공은 노부도 깜짝 놀랄 만큼 뛰어난 것이었어."

"검신 조사님의 창천무극검입니다."

패한 무공이었지만 검성은 전혀 부끄럽지 않았다.

그가 아는 한 단우 노야는 천하제일, 나아가 고금제일의 강자였다.

그런 강자가 감탄을 할 정도의 무공이 남궁세가에 있다는 것이 오히려 자랑스러웠다.

"부탁… 이 있습니다."

"말하게. 노부의 기대를 충분히 충족시켜 준 상이라 생각하고 무엇이든 들어주겠네."

"저들… 은 그냥 보내주십시오."

남궁가의 원로들을 바라보는 검성의 눈빛이 급격하게 흔들렸다.

생명이 꺼져가는 신호였다.

"이대로 물러간다면 관여치 않을 것이네."

"고맙… 습니다."

희미하게 웃은 검성이 믿기 힘든 충격에 사로잡혀 있는 남궁가의 원로들을 향해 마지막 당부를 남겼다.

"절.대.로 부딪치지 말게. 마지막 부… 탁……."

검성은 끝까지 미처 말을 끝내지 못하고 힘없이 무너져 내렸다.

황급히 달려온 남궁척이 검성의 몸을 안아 들었다.

"들어줄 수 없는 부탁을 하면 어쩌자는 것입니까? 안 그렇습니까?"

"아무렴, 당연하지."

"어차피 늙어 죽을 목숨 아낄 이유가 없지."

"구차하게 목숨을 연명할 생각이었다면 세가를 나서지도 않았을 것이다."

전의를 불태우는 남궁가 원로들의 모습을 보며 단우 노야는 이미 상황이 그렇게 될 줄 알았다는 표정이었다.

"어쨌든 노부는 약속을 지키도록 하지."

단우 노야가 검성의 시신을 잠시 바라보다 천천히 몸을 돌렸다.

달구지를 향해 걸어가는 단우 노야를 향해 남궁가의 원로들이 살의를 드러내자 네 명의 제자가 나섰다.

"이제는 우리끼리 한번 놀아봅시다."

달구지를 끌었던 사내가 히죽거리며 검을 흔들었다.

*   *   *

중검문 문주 염고한이 다급한 얼굴로 달려왔다.

"아직 도착하지 않으신 것인가?"

"예, 하지만 걱정 마십시오. 곧 도착하실 겁니다."

남궁학의 말에 염고한이 답답하다는 듯 소리쳤다.

"곧이 대체 언제란 말인가? 적이 코앞에 이르렀네."

"매복이 뚫린 것입니까?"

자운산이 놀라 물었다.

"뚫렸다고 할 것도 없다네. 제대로 공격도 해보지 못하고 당했으니까."

"역시 야수궁을 상대로 매복은 무리였습니다. 애꿎은 피해만 봤군요."

자운산의 한탄에 염고한이 그의 어깨를 가만히 잡으며 위로했다.

"자 문주의 책임이 아닐세. 애당초 무리라는 말에도 고집을 부린 철 문주의 책임이 크지."

"아닙니다. 어떻게든 말렸어야 합니다. 한데 철 문주님은 어디에 계십니까? 설마 놈들에게……."

자운산의 눈동자가 불안감으로 흔들렸다.

"무사히 퇴각했으니까 걱정하지 말게. 아마 민망해서 오지 못하는 모양이네."

"어쨌든 매복하고 있던 병력이 무너졌다면 놈들이 들이

치는 것은 금방이겠군요. 대략 어느 정도의 여유가 있는 것 같습니까?"

번강이 심각하게 굳은 얼굴로 물었다.

"길어야 일각 정도라 보네. 어쩌면 더 빠를 수도 있겠고."

자운산이 좌중을 둘러보며 말했다.

"지금이라도 결정해야 합니다. 맞서 싸울 것인지 아니면 다시 퇴각을 할 것인지."

남궁학이 가장 먼저 입을 열었다.

"연이은 퇴각으로 사기가 많이 떨어졌습니다. 아무리 작전상 후퇴라고 하더라도 더 이상 퇴각은 의미가 없다고 봅니다만."

운선장주 효문이 남궁학의 의견에 동조했다.

"같은 생각이오. 더구나 지형적으로 이곳 이상 좋은 장소는 없는 것 같소. 싸워야 한다고 보오."

"맞습니다. 이곳에서 놈들과 맞서며 천마신교와 남궁세가의 지원군을 기다려야 한다고 봅니다."

뒤늦게 나타난 철연심이 우렁찬 목소리로 소리쳤다.

"괜찮으신 겁니까?"

자운산이 철연심의 몸에 난 상처를 보며 걱정스레 물었다.

"이까짓 상처는 아무것도 아닙니다. 죄송합니다. 괜한 고집으로 여러분께 심려만 끼쳤습니다."

철연심이 변명 없이 깨끗하게 자신의 실수를 인정하며 고개를 숙이자 자청포가 껄껄 웃었다.

"죄송할 것 없소이다. 이곳에 철 문주만큼 무림을 위하고 호기로운 사람이 누가 있겠소? 비록 실패로 돌아갔지만 철 문주의 그런 투쟁심과 용기는 아군의 사기에 크게 도움이 될 것이오."

철연심은 자신을 두둔하는 자청포를 향해 연신 감사의 눈빛을 보냈다.

"천마신교는 어디까지 왔다고 합니까?"

번강이 천마신교, 정확히는 그들과 함께 있는 수호령주 와의 연락을 책임지고 있는 무황성 형양지부장 조청무에게 물었다.

"야수궁이 우리에게 접근한 만큼 천마신교 역시 가까이 도착했소이다. 우리의 예상이 맞다면 늦어도 반 시진 정도 면 이곳에 도착할 듯싶소만."

"너무 늦는군요."

"최악의 경우를 말한 것이오. 분명 그보다는 다소 빠를 것이오."

조청무의 확신에 찬 얼굴을 보며 잠시 고민을 하던 번강이 남궁학에게 고개를 돌렸다.

"루외루의 병력이 추가되었습니다. 놈들을 막기 위해선 천마신교도 천마신교지만 남궁세가의 지원군이 절대적으로 필요합니다."

"지척에 이르셨다는 전서구를 받은 것이 반 시진 전입니다. 조금 전, 상황이 다급함을 알리기 위해 전령까지 보냈으니 서둘러 달려오실 겁니다."

"확실한 것입니까?"

번강이 재차 물었다.

약간은 고압적인 태도가 영 마음에 들지 않았지만 모두가 번강을 수장으로 인정하고 따르는 분위기였기에 남궁학은 불만을 드러내지 못했다.

게다가 그 역시 천마신교가 아직 도착하지 못한 상황에서 남궁세가의 지원군이 얼마나 필요한지 그 누구보다 잘 알고 있었다.

"확실합니다."

남궁학이 모두를 둘러보며 다짐하듯 말했다.

아무리 번강이 회의를 주재하고 있다지만 남궁세가를 대표하는 남궁학을 무시할 수 있는 사람은 아무도 없었다.

"결론은 난 것 같소이다. 조금 걱정이 되기는 하지만 어차피 더 이상 물러날 곳도 없소. 죽을힘을 다해 싸워봅시다."

염고한이 호기롭게 소리치자 곳곳에서 동조하는 함성이 터져 나왔다.

"죽을 자리를 찾았군."

퇴각을 거듭하던 강남무림 연합군이 전의를 다지고 있다는 말에 묵첩파의 눈에 살기가 어렸다.

"루외루는?"

"우회하여 퇴로를 차단하기 시작했습니다."

일액의 대답에 묵첩파가 이를 부득 갈았다.

"하면 남궁세가에서 오고 있다는 지원군도 알아서 처리하겠군. 아무튼 확실하게 하라고 해. 지난번처럼 놈들을 놓쳐선 안 돼. 이곳에서 끝장을 봐야 한다."

"다시 연락하겠습니다."

"천마신교 놈들은 어디까지 왔지?"

"지척입니다. 어쩌면 싸움이 끝나기 전에 도착할 수도 있을 것 같습니다."

묵첩파의 인상이 절로 찌푸려졌다.

"문제군. 갑자기 배후를 공격당하면 전열이 흐트러질 수 있다."

일액이 주변을 슬쩍 돌아보며 말했다.

"아무래도 그것들을 써야 할 것 같습니다."

"그것들이라니?"

일액의 말을 이해하지 못한 묵첩파가 인상을 찌푸리며 물었다.

"귀사족(鬼祀族)이 키우고 있는 것들을 말씀드리는 겁니다."

"귀사족에서? 아, 그것들."

일액이 무엇을 가리키는지 눈치챈 묵첩파가 떨떠름한 표정을 지었다.

"예, 지금 상황에서 천마신교를 상대하기엔 가장 좋은 수단이라고 봅니다."

"일단 데리고 오기는 했다지만 아직 제대로 길들이지 못했다고 들었다. 자칫하면 더 골치 아파질 수 있어."

묵첩파는 여전히 부정적인 반응이었다.

"거북하시다면 독수당과 광수당을 후위로 돌리는 방법이 있습니다."

"독수당과 광수… 당을?"

"예, 거기에 실력 있는 장로들을 대거 차출하여 함께 보내야 합니다. 어지간한 녀석들론 수호령주가 합류한 천마신교를 감당할 수가 없습니다."

"음."

만수당이 전멸당한 상황에서 독수당과 광수당까지 잃을

수도 있다는 생각을 해서인지 묵첩파의 안색이 더없이 어두워졌다.

"그것들을 사용하면 막을 수 있을까?"

"막을 수 있다고 장담은 할 수 없으나 눈앞의 적들을 쓸어버리기엔 충분한 시간을 벌 수 있다고 봅니다. 궁주님도 녀석들의 위력을 직접 보지 않으셨습니까?"

"눈앞에서 그 큰 호랑이를 찢어버리는 것을 보고 놀라긴 했지. 꽤나 강렬했어. 고작 짐승에 불과한 것들에게 공포도 느껴봤고."

"게다가 귀사족만의 특별한 능력이 더해지면 생각 이상의 효과를 얻을 수도 있습니다."

"그럴 수도 있겠군. 하지만 조금 아쉽잖아. 귀사족만큼이나 본좌에게 충성을 받치는 놈들도 없다. 그것들 또한 제대로 길들이면 지금보다 앞으로 쓸모가 더욱 많을 테고. 단순히 시간을 끄는 용도로 써버리기엔 너무 아까워."

"앞으로의 일을 따질 만큼 좋은 상황이 아닙니다. 그리고 모두에게 벌레 취급을 받던 귀사족입니다. 궁주께서 거둬주신데다가 그런 중차대한 임무를 맡기는 것만으로도 그들은 충분히 감격할 것입니다."

일액이 계속해서 묵첩파의 결단을 채근했다.

"알았다. 귀사족장을 불러라."

묵첩파가 결단을 내리자 일액은 안도의 한숨을 내쉬며 물러났다.

*　　　*　　　*

"저들은 대체 누굴까요?"

눈앞에서 펼쳐지는 치열한 싸움을 지켜보는 공손유의 얼굴엔 놀라움이 가득했다.

"글쎄, 하지만 저 늙은이들은 알겠다. 남궁세가의 노물들이야."

갈천상이 눈을 떼지 못하고 말했다.

"남궁세가요? 하면 이번 싸움을 지원하기 위해 움직였다는 자들이군요."

"그런 것 같구나. 개개인의 실력을 감안했을 때 저들이 합류를 했다면 상당한 위협이 될 뻔했다. 멍청한 놈들! 저런 고수들에 대한 보고엔 어째서 이리 형편없단 말인가!"

갈천상은 남궁세가를 떠난 지원군이 앞선 싸움에 나섰던 다른 남궁가의 노고수들과 별반 차이가 없어 보인다는 보고서를 상기하며 분통을 터뜨렸다.

"확실히 그러네요. 일전에 우리가 제거했던 야수궁의 노물들보다는 훨씬 강해 보여요."

공손유의 뇌리에 남궁세가를 공격하기 직전에 제거했던 흉앙과 척발광을 떠올렸다.

금황봉과 독사를 자유자재로 움직이는 것을 보고 훗날, 야수궁과 상대를 했을 때 꽤나 성가신 존재가 될 수 있다는 생각에 은밀히 제거를 했지만 막상 그들의 무공 실력은 그리 뛰어난 것은 아니었다.

"그 노물들이야 애당초 비교할 대상은 아니지. 벌과 독사 따위에 의존하는 놈들이니까. 노부의 기억이 틀리지 않는다면 저기 덩치 큰 늙은이가 과거 노부와 비무를 했던 남궁 척일 것이다. 비교적 애를 먹었던 상대지."

"원로님과 동년배라면 일선에서 물러난 자들이겠군요."

"그래, 아마도 네 손에 죽은 남궁세가 가주의 복수를 하기 위해 움직인 것으로 보인다. 어찌 생각하면 저들이야말로 남궁세가의 진정한 힘이라고 할 수 있겠지. 척후들이 저들의 힘을 제대로 알아보지 못하는 것도 당연할 것일 수도 있겠군."

"그런 고수들과 싸우면서 전혀 밀리지 않는 저들의 실력도 정말 대단하네요. 어디서 온 자들일까요?"

공손유가 검진을 만들어 남궁가의 원로들과 맞서고 있는 단우 노야의 제자들을 가리켰다.

"모르겠다. 개개인의 실력도 남궁가의 고수들 못지않아 보이고 무엇보다 검진의 위력이 절묘하구나. 섞이지 않는 듯 섞이면서 묘한 조화를 이뤄내는 것이 지금껏 보지 못했던 검진이다. 대단해, 정말 대단해."

검진에서 눈을 떼지 못한 갈천상이 연신 탄성을 내뱉을 때였다.

공손유가 번개처럼 뛰쳐나가며 검을 빼 들었다.

"왜……."

갈천상이 그런 공손유의 반응에 의아해할 때 뒤쪽에서 전혀 예상치 못한 웃음이 들려왔다.

"허허허! 눈치가 제법이로고."

그제서야 낯선 인기척을 느낀 갈천상이 기겁한 얼굴로 몸을 돌렸다.

그들과 일 장 정도 떨어진 곳에 단구의 노인, 단우 노야가 바위에 걸터앉아 있었다.

마치 처음부터 그 자리에 앉아 있었던 것처럼 편하고 여유로운 자세.

루외루의 무인들이 주변에 있었지만 누구 하나 단우 노야를 이상하게 생각하거나 경계하는 눈치가 아니었다.

갈천상의 등줄기로 식은땀이 흘러내렸다.

'방금 전만 해도 아무도 없었다.'

당연했다.

단우 노야가 앉아 있던 그 바위에 바로 그가 앉아 있었으니까.

갈천상은 자신의 이목은 물론이고 공손유의 이목마저 속이며 그토록 가까이 접근할 수 있는 인물이 있다는 것이 도저히 믿기지 않는다는 표정이었다.

공손유 역시 갈천상과 마찬가지로 경악을 감추지 못했다.

그녀의 눈에 비친 단우 노야는 그야말로 태산이었다.

그 높고 거대함이 추측조차 되지 않았다.

언젠가 부친과 비무를 하며 부친의 진정한 실력을 살짝 경험해 보며 엄청난 충격을 맛보았지만 단우 노야에게서 받은 느낌은 놀랍게도 부친 이상이었다.

'천하에 이런 인물이 있었다니!'

두려움 때문인지 아니면 무인으로서 궁극에 이른 절대자를 만났음에 설레는 것인지 공손유의 몸이 자신도 모르게 부들부들 떨렸다.

"허허! 해칠 생각이 아니니 그렇게 겁먹을 것 없다."

단우 노야의 입에서 너털웃음이 흘러나왔다.

"거, 겁을 먹은 것이 아닙니다."

공손유가 뽑아 든 검을 조심스레 집어넣으며 말했다.

"겁을 먹은 것이 아니다?"

단우 노야의 눈빛이 흥미로 반짝거렸다.

"뭐라 표현하기가… 그저 감격이라 해두지요."

"감격이라. 나쁘지 않은 말이구나."

부드러운 미소를 지은 단우 노야가 갈천상에게 고개를 돌렸다.

"그대가 경천검혼이로군."

"그, 그렇소이다."

"아쉽군. 날카로움이 조금만 더 무뎠다면 지금보다 더 높은 성취를 얻었을 것을. 날카로운 검만이 좋은 검이 아님을 알아야지."

단우 노야의 말에 갈천상의 눈동자가 거칠게 흔들렸다.

누구나 할 수 있는 단순한 충고일 수도 있겠지만 충고를 듣는 사람이 갈천상 정도의 고수라면 그 의미 자체가 달라진다.

최근 들어 자신의 검을 되돌아보고 있던 갈천상은 단우 노야의 말에 경악하지 않을 수 없었다.

"음, 눈치를 보니 어느 정도 깨닫고 있었던 모양이군. 아쉬워. 노부와 인연이 닿았다면 좋은 씨앗이 되었을 것을."

씨앗이란 말이 무엇을 의미하는지 모르지만 가슴 한편에
한기가 들었다.

"아이야."

단우 노야가 공손유를 불렀다.

"공손가는 대성을 이뤘느냐?"

순간, 공손유의 몸이 그대로 굳었다.

노인은 처음부터 자신의, 아니, 어쩌면 루외루의 실체를
알고 있을지도 모른다는 생각이 들었다.

"어찌 대답이 없느냐? 대성을 이뤘는지 물었거늘."

"……."

단우 노야가 공손유의 전신을 지그시 훑어보더니 이내
고개를 끄덕였다.

"아니다. 네 성취를 보건데 굳이 대답을 들을 필요는 없
겠구나."

"어, 어르신은 누구십니까?"

공손유가 떨리는 음성으로 물었다.

"쯧쯧, 자질은 뛰어난데 눈치가 다소 부족하구나. 조금만
생각해 보면 알 수 있는 것을."

머리를 빠르게 회전시킨 공손유는 한 가지 답을 유추할
수 있었다.

"산… 외산에서 오셨습니까?"

"음, 눈치가 부족하다는 말은 취소다. 역시 뛰어나. 공손가는 좋은 후손을 두었군."

자신의 질문에 우회적으로 인정하는 단우 노야의 말에 공손유는 까무라칠 정도로 놀라고 말았다.

애써 정신을 수습한 공손유가 공손히 물었다.

"어째서 이곳까지 오신 것인지 여쭤도 되겠는지요? 혹, 야수궁을 돕기 위해서……."

"그건 아니다. 노부는 그저 열매를 따기 위해서 왔을 뿐이다. 음, 결과적으로 야수궁을 도운 셈이기는 하다만."

씨앗이니 열매니 하는 것의 의미가 궁금하기는 했지만 공손유는 굳이 묻지 않았다.

"하면 저 친구들은 노선배의 수하들인 것입니까?"

나이는 물론이고 연배 또한 정확하게 알 수 없었지만 갈천상은 조금 전의 충고 하나만으로 단우 노야를 선배로 대접하고 있었다.

갈천상의 물음에 단우 노야가 마지막으로 치닫는 대결을 바라보며 한심하다는 듯 말했다.

"수하보다도 못한 제자 놈들일세. 그래도 괜찮은 씨앗이라 여겼거늘 하나같이 쭉정이들이야. 제대로 된 꽃을 피우고 열매를 맺은 검성에 비한다면 쓰레기나 다름없지."

공손유는 지금까지의 너그러운 표정과 말투와는 다르게 제자들을 쓰레기에 비유하는 단우 노야의 냉정함에 흠칫 놀랐다.

갈천상에겐 쓰레기라는 말보다 검성이라는 이름이 더욱 크게 들렸다.

"지, 지금 검성이라 하셨습니까?"

"그러네. 흠, 그러고 보니 자네도 그 친구와 인연이 있다고 해야겠군. 그의 길을 그대로 따랐으니까."

평소 자신과 검성의 비무행을 비교하는 말을 극도로 싫어하는 갈천상이었으나 지금은 그것이 중요한 것이 아니었다.

"거, 검성을 만난 것입니까? 이 자리에 검성이 있었던 것입니까?"

다급히 질문을 던진 갈천상이 혹여 지금 싸우고 있는 이들 중에 검성이 있는 것은 아닌지 남궁가의 원로 개개인을 뚫어져라 바라보았다.

"저런 허섭스레기 같은 위인들 속에서 어찌 검성을 찾는가? 그를 모욕하는 것일세."

단우 노야의 음성에 약간의 노기가 섞여 있었다.

"하, 하면 그는 어디에 있는 것입니까?"

잠시 머뭇거린 단우 노야가 전장에서 한참 떨어진 나무

그늘을 가리켰다.

단우 노야의 손을 따라 움직이던 갈천상과 공손유는 나무 그늘에 가만히 눕혀져 있는 누군가를 볼 수 있었다.

'씨앗, 열… 매. 만난 적이 있다.'

비로소 단우 노야가 말한 씨앗과 열매의 의미를 깨달은 공손유가 소스라치게 놀랐다.

그사이 극한으로 치닫던 싸움도 끝이 났다.

멀쩡히 지면에 서 있는 사람은 아무도 없었지만 승패는 확연했다.

쓰러져 미동도 없는 남궁가의 원로들에 비해 검진으로 맞선 단우 노야의 제자들은 미약하나마 움직임이 있었다.

어찌 보면 딱히 누가 이겼다고 말하기도 뭣한 미세한 차이였으나 그 차이가 생과 사를 갈랐다.

"쯧쯧, 한심한."

단우 노야가 못마땅한 표정이 역력한 얼굴로 혀를 차며 말했다.

"노부는 이만 가봐야겠다. 아주 흥미로운 녀석이 있다고 해서 말이다. 우선은 저 비루한 놈들부터 챙겨야겠지만 말이다."

그 말을 끝으로 단우 노야의 신형이 순식간에 두 사람의 시야에서 사라졌다.

"조만간 다시 보자꾸나."

음성이 다시금 들려왔을 땐 어느새 전장에 도착한 단우 노야가 달구지에 제자들을 집어 던지고 있었다.

60장

악전고투(惡戰苦鬪)

"서둘러라. 전장이 코앞이다."

애써 내색은 하지 않았지만 앞서 달리는 독고무의 음성에 안타까움이 잔뜩 묻어났다.

야수궁의 후진을 격파한 이후, 천마신교는 제대로 휴식도 취하지 못하고 강남무림 연합을 공격하기 위해 바삐 움직이는 야수궁의 뒤를 쫓았다.

남궁세가와 강남무림 연합군이 천마신교의 지원을 기다리며 퇴각을 거듭하고는 있었지만 언제까지 퇴각만을 할수는 없는 노릇. 충돌이 임박했다는 소식이 전해졌기에 마음은 더욱 급해졌다.

"막심초."

"예, 교주님."

"거의 따라잡은 것 같은데 얼마나 남았지?"

"저 산만 넘으면 곧바로 전장으로 이어질 것이란 연락입니다."

"척후들의 피해가 크다고?"

야수궁과 천마신교의 척후가 교전을 펼치길 수차례, 이미 치열한 정보전이 펼쳐지며 양측의 피해가 급증하고 있었다.

"그래도 잘 버티고 있습니다."

막심초는 굳이 부인하지 않으면서도 자신감을 드러냈다.

"끝이 보인다. 조금만 더 고생해."

"알겠습니다."

진유검이 물러나려는 막심초를 불러 세웠다.

"잠시만 기다려 주십시오."

"왜?"

독고무가 물었다.

"저 산 말이야. 아무래도 느낌이 안 좋아."

진유검이 멈춰 선 막심초에게 물었다.

"척후들에게 별다른 얘기는 없었습니까?"

"어떤 것을 말씀하시는요?"

막심초가 공손히 물었다.

"혹, 매복이나 아니면 다른 뭔가가······."

"매복에 대해선 특히 조심하고 있습니다만 특별히 그런 조짐은 없는 것으로 보입니다."

막심초의 설명에도 고개를 갸웃거리는 진유검의 굳은 표정은 펴지지 않았다.

"마지막으로 연락이 온 것이 언제입니까?"

"대략 반 시진 정도 되었습니다. 다시 연락이 올 때가 되었습니다."

"꼼꼼하게 확인하는 것이 좋겠습니다."

"예, 그리하겠습니다."

막심초는 진유검의 걱정이 다소 과하다는 생각을 했으나 함부로 입 밖에 꺼내지 않았다.

하늘과 같은 독고무의 친우임을 떠나 진유검이 그렇게 당부를 할 정도라면 분명 그 이유가 있을 것이란 생각도 들었기 때문이다.

막심초가 물러나자 독고무가 뒤따르는 수하들을 힐끗 바라보며 말했다.

"너무 걱정하는 것 아닐까? 야수궁의 작전은 우리가 배후를 공격하기 전에 최대한 빨리 강남무림 연합군을 쓸어버리는 거잖아. 이쪽으로 병력을 나눌 이유는 없을 것 같은데. 단순히 시간을 벌려고 한다고 해도 어지간한 병력으로 어림도 없다는 것은 그놈들이 더 잘 알 테고."

"나도 기우였으면 좋겠다. 하지만……."

고개를 들어 산 정상을 보는 진유검의 눈빛엔 불안감이 가득했다.

그때였다.

"흘려들으면 안 됩니다, 독고 형님."

후미에서 따라오고 있던 전풍이 하도해의 부축을 받으며 걸어왔다.

이제는 들것에서 벗어나 어느 정도 운신이 가능한 그였지만 주위 사람의 도움 없이는 지금의 이동 속도를 따라잡을 수 없는 상태였다.

"무슨 소리야?"

독고무가 약간은 짜증나는 표정으로 물었다.

"잊었습니까? 늘 그런 건 아니지만 가끔은 어설픈 점복사 따위와는 비교도 안 될 정도로 촉이 좋은 사람이 누군지를. 무영도에서도 많이 당했잖아요."

"그거하고 이거하고 같냐? 이건 단순히 날씨 변화를 맞추는 내기가 아니다. 쓸데없는 소리 하지 말고 천천히 따라오기나 해."

내심으론 전풍의 말이 영 걸렸지만 수하들의 불안한 눈빛을 본 독고무는 애써 무시할 수밖에 없었다.

"자, 서둘러라!"

다시금 목소리를 높이는 독고무의 눈빛도 살짝 흔들리고 있었다.

*   *   *

"빌어먹을!"

광수당 부당주 마함의 입에서 욕설이 튀어나왔다.

큰 부상을 당한 당주를 대신하여 광수당을 지휘하는 부당주 마함은 상대의 선봉이자 광수당주를 쓰러뜨린 번강의 검을 간신히 피해내며 입술을 꽉 깨물었다.

'대체 어디서 이런 고수가 튀어나왔단 말인가!'

일전의 싸움에서 기세를 높였던 나부문과 함부로 설쳐대던 늙은이를 박살 낼 때만 해도 광수당의 앞길을 가로막을 자들은 없다고 생각했다.

조금 전에도 마찬가지였다.

전신에서 뿜어져 나오는 기세는 분명 만만치 않았다.

하나 유약한 중년인의 모습을 하고 있던 번강은 눈에도 들어오지 않았다. 따르는 수하들 또한 어차피 중원 무림의 그저 그런 파의 제자들이란 생각에 얕본 것도 사실이다.

그 결과 당주는 치명상을 입고 쓰러졌고 단숨에 적진으로 돌진해야 할 광수당 역시 발걸음이 묶이고 말았다.

'더 이상 지체하다간 궁주님의 노여움을 산다.'

수하들의 도움을 받아 번강의 공격에서 벗어난 마함은 다급했다.

묵첩파의 노한 얼굴을 떠올리자 오금이 저려왔다.

문제는 적의 기세가 너무도 막강하다는 것.

방법을 찾던 마함의 눈에 때마침 적의 숨통을 끊어놓고 있던 녹사가 들어왔다.

반색을 한 마함이 황급히 그를 불렀다.

"녹사!"

"예, 부당주."

덩치가 곰만 한 녹사가 자신의 손에 들린 적의 머리통을 집어 던지고 달려왔다.

마함이 맹호처럼 날뛰고 있는 번강을 가리키며 말했다.

"당주가 저놈에게 당했다. 네가 놈을 막아야겠다."

녹사가 놀란 표정으로 번강을 바라보았다.

'당주가…….'

한눈에 봐도 보통 고수가 아니었다.

그토록 강했던 당주가 당했다는 것이 이해가 될 정도였다.

한데 두려운 마음보다는 호승심이 치밀어 올랐다.

"다른 녀석들도 붙여줄 테니 버티기만 해. 그사이 내가 중앙을 뚫겠다."

"맡겨주십시오."

녹사가 번강을 향해 달려가자 마함은 곧바로 몇 명 수하에게도 같은 명을 내렸다.

광수당에서도 최고의 실력을 지닌 자들만 추려서 번강에게 보낸 마함이 살기로 이글거리는 눈을 형산파 제자들에게 돌렸다.

'모조리 죽여 주마!'

번강의 활약에 막혀 고전하고 있는 광수당과는 달리 중검문 제자들이 주축이 된 좌측 진영을 공략하는 독수당은 큰 문제가 없었다.

먹이를 노리는 승냥이 떼처럼 달려들어 중검문이 구축한 방어진을 단숨에 무너뜨리는 데 성공한 독수당은 묵첩파가 어째서 그들을 아끼고 중히 여기는 것인지를 제대로 증명했다.

"으악!"

"크아악!"

사방에서 처절한 비명이 울려 퍼졌다.

비명의 대다수는 중검문과 그들을 지원하기 위해 합류한
군웅들의 것이다.

중검문은 형산파, 나부문과 더불어 강남무림 연합의 중
추였다.

그만큼 인원도 많고 뛰어난 고수도 많았다. 그랬기에 적
들의 공세가 아무리 강하다고 해도 어느 정도는 방어가 가
능할 것이라 봤다.

하지만 그런 예상은 묵첩파가 광수당을 선봉에 세우고
지난 싸움에서도 아꼈던 독수당을 전격적으로 투입하며 완
벽하게 빗나가고 말았다.

"죽여라! 한 놈도 남기지 말고 모조리 쓸어버렷!"

번강에게 일격을 맞고 쓰러진 광수당주와는 달리 독수당
주는 한껏 여유를 부리며 수하들을 독려했다.

어깨 쪽에 약간의 부상을 당하기는 했지만 그것은 자신
을 노리고 달려든 중검문의 노고수들을 가볍게 물리치며
얻은 영광스런 훈장이었다.

"끄억!"

외마디 비명과 함께 구릿빛 상반신을 드러내놓고 있던 사내의 고개가 힘없이 꺾였다.

주변엔 이미 동료로 보이는 많은 이가 싸늘한 주검이 되어 쓰러져 있었다.

"후우! 후우!"

사내의 목을 꺾어버린 자청포가 비틀거리며 거친 숨을 내뱉었다.

'오래 버티진 못하겠구나.'

지난 싸움에서 당한 부상이 채 낫지도 않은 상황에서 이어진 격전은 그의 몸 상태를 최악으로 만들었다.

축 늘어진 왼쪽 팔은 더 이상 자신의 의지로 움직일 수 없었고 주먹만 한 살이 뭉텅하게 잘려 나간 오른쪽 허벅지에선 허연 뼈가 드러났다.

전신을 가득 덮은 상처에서도 진하디진한 선혈이 배어 나왔다.

조금 전까지만 해도 몸서리치도록 밀려들었던 고통이 더 이상 느껴지지 않았다.

그 많은 상처가 순식간에 치유될 리가 없으니 고통을 느끼지 못한다는 것은 이미 육체가 버틸 수 있는 한계를 넘었다는 것을 의미하는 것.

자청포는 자신의 죽음을 직감했다.

죽음이 임박했다는 생각이 들자 전의는 더욱 솟구쳤다.

야수궁의 공격은 끊임없이 이어지고 있었고 마지막 그 순간까지 한 명의 적이라도 더 데리고 간다는 생각에 평생을 함께한, 이제는 듬성듬성 이까지 빠져 버린 애도를 움켜잡았다.

은은한 도명이 주변을 휘감고 있다는 느낌은 그만의 착각이리라!

파스스슷!

날카로운 파공성과 함께 그의 우측으로 짓쳐 드는 검기가 있었다.

본능적으로 몸을 튼 자청포가 애도를 들어 공격을 막았다.

칼과 부딪치며 살짝 방향을 튼 검기가 주변을 훑고 지나가며 굵직한 생채기를 만들었다.

'고수.'

지금껏 상대한 조무래기들과는 차원이 다른 실력자의 등장에 자청포의 얼굴이 무겁게 굳어졌다.

천천히 몸을 돌린 자청포가 상대를 살폈다.

낯이 익은 상대다.

"누군가 했더니만 그때 그 노물이었군."

자신을 공격한 상대가 지난 싸움에서 호각을 이뤘던, 그러나 끝내는 자신이 약간의 우위를 차지했던 청사족의 대원로임을 확인한 자청포의 입가에 웃음이 지어졌다.

자청포의 조롱 섞인 웃음에 얼굴을 일그러뜨린 대원로가 자청포의 몸을 슬쩍 살피더니 입술을 살짝 깨물었다. 그리곤 약간은 어눌한 중원어로 말했다.

"청사족 융발."

자청포의 눈에 이채가 떠올랐다.

입가에 띤 웃음을 지운 자청포가 정중한 자세로 자신의 이름을 밝혔다.

"자청포다."

부드러운 분위기는 거기까지였다.

가볍게 고개를 끄덕인 융발이 기괴한 문자가 새겨진 검을 앞세우며 달려들었다.

그의 검이 도착하기도 전에 싸늘한 파공성과 함께 섬뜩한 기운이 들이쳤다.

일전에도 겪어보았지만 참으로 강맹한 기운이었다.

정상적인 몸 상태라면 모를까 지금은 도저히 감당할 여력이 되지 않았다.

자청포가 이를 악물며 몸을 틀었다.

강맹한 기운이 자청포의 몸을 훑고 지나갔지만 이미 고통을 잊은 그였기에 그 정도 타격은 버틸 수 있었다.

힘겹게 공격을 피해낸 자청포의 몸이 허공으로 뛰어올랐다.

취리릿!

연이어 날린 융발의 공격이 간발의 차이로 발끝을 스쳐 지나갔다.

기회를 잡았다고 판단한 자청포가 혼신의 힘을 다해 칼을 휘둘렀다.

융발 역시 피하지 않고 정면으로 맞섰다.

꽝! 꽝!

격렬한 충돌음과 함께 강력한 진동이 주변을 뒤흔들었다.

뒤쪽으로 튕겨져 나간 자청포가 착지를 하며 몸을 비틀거렸지만 그건 융발과의 충돌에서 입은 타격이라기보다는 이전에 당한 부상, 특히 다리에 입은 부상으로 인해 제대로 중심을 잡지 못한 것이다.

두어 걸음 물러나는가 싶더니 어느새 악을 쓰며 돌진하는 융발의 기세는 실로 무시무시했다.

파스스슷!

호흡을 가다듬을 시간도 없이 융발의 공격이 재차 밀려들었다.

꽝! 꽝! 꽝!

연이은 공격에 자청포의 신형이 형편없이 밀렸다.

공격을 막아낼 때마다 그의 입에서, 상처가 뒤덮인 전신에서 피가 솟구쳤다.

융발의 공격을 감당하지 못하고 무려 십여 장 가까이 뒷걸음질 친 자청포의 입에서 탁한 신음과 함께 검붉은 피와 잘게 잘린 내장 조각이 뿜어져 나왔다.

끝장을 보려는 듯 한껏 기세를 높이는 융발을 보며 자청포는 나직이 한숨을 내쉬었다.

더 이상 대항할 여력이 없건만 융발은 자비를 베풀 생각이 전혀 없어 보였다.

코앞까지 밀려드는 융발의 공격을 보며 자청포는 가만히 눈을 감았다.

바로 그 순간, 융발의 뒤쪽에서 누군가의 신형이 빠르게 접근했다.

부친의 위기를 보고 달려온 자운산이었다.

"꺼져랏!"

거친 외침과 함께 융발의 검이 자운산의 가슴을 꿰뚫었다.

한데 뭔가가 이상했다.

검을 통해 전해져야 하는 짜릿한 느낌이 전혀 없었다.

적이 만든 허상에 속았다는 것을 느낀 융발의 눈이 빠르게 움직였다.

융발의 이목에 자청포를 향해 달려가는 자운산의 움직임이 포착되었다.

융발은 주저 없이 검을 날렸다.

그의 손을 떠난 검이 빛살처럼 날아가 자운산의 등을 노렸다.

"위험하다!"

다급한 외침과 함께 손가락 까딱할 힘도 없던 자청포의 몸이 자운산을 향해, 정확히는 자운산의 등을 노리며 날아든 검을 향해 움직였다.

융발의 검이 자청포의 몸을 단숨에 꿰뚫었다.

그 일격으로 자운산의 목숨까지 거둘 수 있다고 여긴 융발의 눈에 의혹이 깃들었다.

그 이유는 곧 밝혀졌다.

자청포의 몸을 뚫은 검이 그의 피 묻은 양손에 잡혀 있었던 것이다.

"아, 아버지!"

두 눈을 부릅뜬 자운산의 입술이 덜덜 떨렸다.

자청포의 몸이 힘없이 무너져 내렸다.

"아, 안 돼!"

자운산이 황급히 자청포의 몸을 안아 들었다.

"피, 피… 하거라."

자청포가 자운산의 몸을 밀어냈다.

"아버지!"

"어… 서 피해."

자식의 안전을 바라는 간절한 한마디와 함께 자청포의 노구가 들썩였다.

그의 몸을 꿰뚫었던 검이 뽑혀 나간 것이다.

자청포는 자신의 몸에 박혔던 차가운 검의 흔적을 느끼며 눈도 감지 못한 채 그대로 숨이 끊어졌다.

"이것으로 지난 빚은 갚았고."

자청포의 몸을 꿰뚫었던 검을 회수한 융발이 이번엔 자운산을 향해 검을 겨눴다.

"으아아아아!"

자운산이 괴성을 지르며 융발에게 달려들었다.

꽝! 꽝! 꽝!

눈 깜짝할 사이에 수십 번의 공방이 이어졌다.

피눈물을 흘리며 미친 듯이 칼을 휘두르는 자운산의 모습은 죽을 줄을 알면서도 불속으로 뛰어드는 부나비처럼 처절했다.

자운산의 맹렬한 공격에 융발도 힘겨운 기색이 역력했다.

실력적인 면에선 분명 차이가 있었지만 목숨을 도외시한 채 오직 복수만을 위해 살초를 펼치는 자운산의 기세는 그만큼 무서웠다.

한번 기세를 타면 불같이 일어나는 나부문 특유의 무공도 융발을 당황하게 만들었다.

"윽!"

융발의 입에서 당황스런 신음이 흘러나왔다.

검에 찍힌 발등에서 피가 솟구치고 몸의 중심이 크게 흔들렸다.

그 틈을 놓치지 않은 자운산의 칼이 그의 목을 향해 짓쳐들었다.

융발은 주저 없이 몸을 굴렀다.

파앗!

자운산의 공격이 간발이 차이로 스쳐 지나가고 칼의 궤적을 따라 핏방울이 흩날렸다.

공격이 실패한 것을 확인한 자운산은 안타까움에 얼굴을 일그러뜨리며 재차 공격을 감행했다.

방금 전의 공격을 피하면서 이미 완전히 자세가 무너진 융발은 대적할 엄두를 내지 못하고 연이어 몸을 굴렀다.

청사족의 대원로이자 야수궁의 장로로서 감히 상상도 할 수 없는 치욕적인 모습이었으나 지금은 그것만이 목숨을 구할 수 있는 유일한 방법이었다.

융발은 한참 동안이나 비참한 모습으로 쫓긴 뒤에야 간신히 자세를 수습하는 데 성공했다. 몸은 이미 만신창이가 된 이후였다.

"하아! 하아!"

거친 숨을 내뱉으며 자운산을 노려보는 융발에게선 수치심과 더불어 참기 힘든 분노가 동시에 느껴졌다.

바퀴벌레보다 더한 생명력으로 살아남은 융발을 보며 자운산은 참담한 표정을 지었다.

주변은 이미 적들로 가득했고 나부문의 일부 제자만이 힘겨운 싸움을 이어가고 있었다.

사실상 더 이상의 기회는 없었다.

자운산의 눈동자가 극심한 갈등으로 흔들렸다.

목숨을 버리는 한이 있더라도 계속해서 융발의 목숨을 노릴 것인지 아니면 훗날을 도모하기 위해서 퇴각을 해야 하는 것인지 쉽게 결정을 내리지 못했다.

자운산이 주저하고 있는 사이 적들이 그를 에워싸기 시작했다.

바로 그때, 낚아채듯 그의 팔을 잡는 사람이 있었다.

광수당과 혈전을 벌이다 결국 패퇴한 번강이었다.

"번 문주님!"

"중앙이 뚫렸습니다. 물러나야 합니다."

번강이 공격해 오는 적을 향해 일검을 날리며 소리쳤다.

"하지만……."

번강은 자운산의 말을 기다리지 않고 그를 안다시피 하며 몸을 날렸다.

"놓치지 마라!"

분노에 찬 융발의 일갈이 전장을 뒤흔들었지만 번강과 자운산은 이미 그들의 시야에서 사라지고 없었다.

*　　　*　　　*

중원어가 아닌 난생처음 듣는 언어.

산 전체에 울려 퍼지는 괴이한 주문이 무엇을 의미하는 것인지 아무도 알아차리지 못했다.

숲이 우거지기는 했어도 청명한 날씨 덕분에 움직이는 데는 전혀 이상이 없었다.

하지만 갑자기 주변이 어두워지고 안개가 휘몰아치고 풍경마저 조금 전과 달라지기 시작했다.

난데없는 변화에 가장 먼저 반응한 사람은 마도제일뇌 사도은이었다.

인위적으로 설치한 진법의 흔적을 찾지 못한 사도은은 지금 그들에게 벌어지는 모든 괴이한 상황이 귀곡성처럼 들려오는 사이한 주문과 연관이 있을 것이란 결론을 내렸다.

문제는 주문 소리에 변한 것이 주변 풍경뿐만이 아니라는 것이다.

어느 순간, 마치 거대한 진법에 빠진 것처럼 무공이 약한 이들부터 환상을 보기 시작했다.

느닷없이 비명을 지르는 자, 갑자기 땅바닥을 구르는 자, 손에 든 무기를 허공을 향해 미친 듯이 휘두르는 자, 심지어는 동료들을 향해 살수를 뿌리는 자들까지 생겨났다.

상황이 극단으로 치달을 무렵 진유검의 입에서 사자후(獅子吼)가 터져 나왔다.

사자후에 깃든 힘을 감당하지 못한 이들이 머리를 부여잡고 주저앉았지만 그들을 배려할 상황이 아니었다.

대다수가 내력을 끌어 올리며 고통스럽게 버텼고 진유검 일행을 비롯하여 천마신교 내에서도 일부 고수들만이 별다른 변화 없이 상황을 주시했다.

진유검이 전력을 다해 토해낸 사자후에 대항하여 주문 소리도 더욱 커졌다.

진유검의 막강한 내력을 바탕으로 울려 퍼지는 사자후와

괴이한 주문이 격렬하게 부딪치기를 일각여, 사이하게 울려 퍼지던 주문이 조금씩 사그라드는가 싶더니 결국 진유검의 사자후에 완전히 눌렸다.

주문을 외는 소리가 끊어지고 모두를 괴롭혔던 환상이 거짓말처럼 사라지자 독고무가 벼락같이 소리쳤다.

"흩어져라! 흩어져서 적들을 찾아!"

언제 다시 주문 소리가 들려올지 모르는 터.

진유검이 힘겹게 만들어낸 기회를 놓치지 말고 위협의 근본을 잘라내야 했다.

독고무의 명이 떨어지기가 무섭게 천마신교 제자들이 사방으로 흩어졌다.

하지만 숲에 잠재한 위협은 주문을 외는 소리만이 아니었다.

"으, 으악!"

"크아아악!"

주문을 외는 자들을 찾기 위해 숲으로 흩어진 천마신교 제자들의 비명이 곳곳에서 터져 나오기 시작했다.

단순히 공격을 당하면서 토해내는 비명이 아니라 뭔가 근원적인 공포감이 깃든 비명이었다.

'뭔가 있다.'

숲에서 이질적인 기운을 느낀 독고무의 얼굴이 딱딱하게

굳었다.

"철수시켜! 당장 철수시켜!"

독고무가 혈륜전마 등을 향해 다급히 소리쳤다.

"철수해라! 철수!"

혈륜전마를 비롯한 천마신교의 수뇌들이 이구동성으로 소리치고 퇴각을 알리는 경적 소리가 숲을 뒤흔들었다.

잠시 후, 흩어졌던 천마신교 제자들이 하얗게 질린 얼굴로 모여들었다.

어림잡아도 삼십여 명은 줄어든 숫자였다.

"맙소사!"

혈륜전마의 입에서 경악 어린 외침이 터져 나왔다.

제자들이 흩어지고 다시 철수하기까지 걸린 시간은 반각도 채 되지 않았다.

그 짧은 순간에 삼십 명이 넘는 인원이 당했다는 것은 직접 보고도 믿기 힘든 일이었다.

"대체 무슨 일이냐?"

혈륜전마가 거친 숨을 몰아쉬는 제자 하나를 붙잡고 물었다.

"모, 모르겠습니다."

"모르다니! 동료들이 죽어나갔는데 모른다는 것이 말이 되느냐?"

혈륜전마의 노한 음성이 쩌렁쩌렁 울렸다.

"매복에 걸린 것이냐?"

사도은이 차분히 물었다.

"아, 아닙니다. 매복은 없었습니다. 다만 정체를 알 수 없는 뭔가가 공격을……."

그는 스스로의 말에 확신이 없는지 말끝을 흐리고 말았다.

"정체를 알 수 없다? 눈으로 보지 못한 것이냐?"

"보긴 봤습니다만 그것이……."

미간을 찌푸린 사도은이 뭔가 짚이는 바가 있다는 듯 다시 물었다.

"혹, 짐승이었느냐?"

"아, 아닙니다. 짐승이라고 하기엔 너무 사람과……."

횡설수설하는 사내의 설명에 더 이상 참지 못한 혈륜전마가 직접 움직이려 할 때였다.

울창한 수풀로부터 혈륜전마 앞으로 뭔가가 날아들었다.

그것이 목과 사지가 뜯긴 누군가의 시신임을 확인한 혈륜전마가 시신이 날아든 곳을 향해 혈륜을 날렸다.

쨍그렁.

번개처럼 움직여 수풀을 뚫고 사라진 혈륜은 형편없이

찌그러져 다시 돌아왔다.

"사람이 아니다."

일각여 동안 사자후를 토해내느라 엄청난 내력을 소모한 진유검이 땀으로 흠뻑 젖은 채 독고무 곁으로 다가왔다.

"괜찮냐?"

"그런대로. 만만찮은 주술사들이었어. 하지만 진짜 문제는 지금부터인 것 같다. 시신을 봐라. 저건 어떤 무기에 당한 것이 아니다."

진유검이 혈륜전마 앞에 놓인 시신을 가리키며 말했다.

"그래, 지난번에 상대했던 호랑이나 그런 맹수에게 당한 것 같다."

"아니, 그것과는 또 달라. 사지가 떨어져 나간 단면을 보면 날카로운 이빨이나 발톱의 흔적도 아니다. 마치… 그래, 극악한 죄인을 죽일 때 썼다는 거열형(車裂刑)과 비슷한 것 같다. 말 그대로 힘으로 찢은 거야."

"하긴 맹수 따위가 혈륜을 저리 뭉갤 수는 없을 테니까."

독고무가 찌그러진 혈륜을 보며 이를 부득 갈았다.

"아무튼 부딪쳐 보면 알겠지. 맹수인지 사람인지, 아니면 우리가 알지 못했던 또 다른 괴물인지."

독고무가 혈륜이 되돌아온 수풀을 향해 무거운 발걸음을

내밀었다.

깜짝 놀란 혈류전마 등이 그의 행보를 막으려 했으나 활화산처럼 타오르는 눈빛을 보곤 감히 입을 여는 사람이 없었다.

독고무의 뒤를 따르는 진유검이 걱정하지 말라는 눈짓으로 그들을 안심시켰다.

독고무가 모든 이의 걱정과 기대를 한 몸에 받으며 수풀 속으로 사라졌다.

수풀이 우거져 시야가 제대로 확보가 되지 않았음에도 독고무의 발걸음은 거침이 없었다.

이미 극도로 예민해진 전신의 감각은 적의 위치를 정확하게 파악하고 있었다.

적 또한 독고무의 존재를 의식하곤 인간의 것이라고는 할 수 없는 살기를 드러냈다.

그 살기의 정체와 마주하자 독고무는 수하들이 어째서 그렇게 횡설수설한 것인지 이해할 수 있었다.

"뭐, 이런……."

독고무가 황당한 눈으로 자신에게 적의를 드러내고 있는 적을 바라보았다.

거의 일 장에 이를 정도로 커다란 키에 팔은 무릎까지 내려왔고 온몸이 갈기처럼 긴 황금빛 털로 뒤덮여 있는, 인간의 형상을 하고는 있었지만 인간이라기보다는 원숭이와 가깝게 느껴지는 괴물이었다.

괴물 뒤에는 온갖 해괴한 문신을 한 사내들이 지친 기색이 역력한 모습으로 휴식을 취하고 있었다. 조금 전, 괴이한 주술로 자신들을 괴롭힌 자들이라는 것을 한눈에 알 수 있었다.

독고무가 움직일 때부터 그의 존재를 눈치채고 있던 괴물과는 달리 뒤늦게 독고무를 발견한 주술사가 난생처음 듣는 언어로 소리를 질렀다.

괴물이 주술사의 손짓에 따라 독고무를 향해 육중한 몸을 날렸다.

거대한 덩치와는 어울리지 않는 엄청난 속도였다.

눈 깜짝할 사이에 거리를 좁힌 괴물이 독고무를 향해 기다란 팔을 휘둘렀다.

맹수처럼 예리한 발톱을 지닌 것은 아니었으나 채찍처럼 휘둘러 오는 팔에 맞았을 경우 어찌 되리라는 것은 능히 짐작이 갔다.

독고무는 감히 경시하지 않고 천마수를 들어 괴물의 팔에 정면으로 맞섰다.

꽝!

둔탁한 충격음과 함께 독고무의 몸이 붕 떠오르더니 괴

물이 휘두른 팔의 방향을 따라 날아갔다.

"마, 말도 안 돼!"

황급히 자세를 바로 한 독고무의 눈에 경악이 어렸다.

무려 십성의 천마멸강수였다.

큰 충격을 당한 것도 아니고 딱히 부상을 당한 것도 아니었지만 괴물의 힘을 이기지 못하고 한참이나 밀려난 것만으로도 큰 충격이었다. 게다가 천마수를 통해 전해지는 은은한 통증이라니!

그래도 괴성을 질러대며 달려드는 괴물의 얼굴이 고통으로 일그러져 있는 것을 보면 공격이 완전히 효과가 없던 것은 아닌 모양이었다.

독고무는 조금 전보다 더 빠른 움직임으로 달려들며 휘두르는 괴물의 팔을 침착히 피해낸 뒤 극성의 천마멸강수를 괴물의 가슴팍에 작렬시켰다.

가죽 터지는 소리와 함께 괴물의 육중한 몸이 붕 떠서 처박혔다.

천마멸강수의 엄청난 위력과 더불어 사방으로 뿌려지는 핏방울을 보았을 때 치명적인 타격이 확실해 보였다.

하지만 독고무의 표정은 그리 밝지 않았다.

제대로 일격을 먹인 것은 확실했으나 괴물의 몸을 타격했을 때 느낌이 영 마음에 들지 않았다.

살아 있는 짐승의 몸뚱이가 아니라 마치 금성철벽을 후려친 것처럼 상당한 고통이 밀려들었다.

부상을 입혔을지는 몰라도 이번의 일격으로 싸움이 끝났다는 생각이 들지 않았다.

땅에 처박혔던 괴물이 천천히 몸을 일으키는 것으로 그의 불길한 예감은 정확히 맞아떨어졌다.

가슴팍 어귀에서 흘러나온 피가 황금빛 털을 붉게 물들이기 시작하고 몸에서 흘러나오는 진득한 피 냄새를 맡은 괴물이 미친 듯이 가슴을 두드리며 포효를 터뜨렸다. 이에 호응하듯 사방에서 비슷한 포효가 터져 나왔다.

주술사가 그런 괴물을 달래기 위해 필사적으로 애를 썼으나 흥성을 폭발시킨 괴물은 주술사의 머리통을 으깨 버리면서 주술사의 손에서 완전히 벗어나 버렸다.

독고무는 괴물들의 포효를 뚫고 들려오는 비명 소리에 눈앞에서 펼쳐진 상황이 다른 곳에서도 벌어지고 있음을 직감했다.

더불어 지금보다 상황이 더욱 악화되리라 예상했다.

자유를, 그리고 본능을 되찾은 맹수는 주인 손에 길들여진 짐승보다는 상대하기가 훨씬 힘든 법이었으니까.

"그, 금모신원(金毛神猿)!"

뒤에서 들려온 비명과도 같은 외침에 독고무의 고개가

핵 돌아갔다.

진유검의 보호를 받으며 다가온 사도은은 흥성을 주체하지 못하고 주술사의 몸을 양손으로 찢어발기는 괴물을 보며 입술을 덜덜 떨었다.

"금모신원? 마뇌는 괴물의 정체를 아는 건가?"

독고무가 물었다.

"저, 정체를 안다기보다는 책에서 읽은 적이 있습니다. 남만의 깊은 밀림에 황금빛 털을 지닌 신성한 원숭이가 살고 있는데……."

"신성은 무슨. 원숭이가 신성해 봤자지."

마뇌의 말을 일축한 독고무가 다시 물었다.

"다른 설명은?"

"여, 영특한 두뇌를 지녔고 몸은 바위처럼 단단하며 그 힘은 맹수마저 간단히 찢어버릴 정도로 강하다고 했습니다."

"그건 이미 증명을 한 것 같고."

진유검이 형체를 알 수 없게 찢겨져 나가는 주술사를 보며 인상을 찌푸렸다.

"걱정이군요. 포효 소리를 들어보니 한두 마리가 아닌 것 같던데."

진유검의 말을 증명이라도 하듯 주술사의 피로 황금빛

털을 물들인 금모신원이 속속 모습을 드러냈다.

정확히 열두 마리.

세 사람의 안색이 극도로 어두워졌다.

얼마 전 상대했던 호랑이보다 숫자는 적었지만 천마멸강수에 제대로 맞고도 버텨내는 금모신원을 호랑이와 비교한다는 것 자체가 말이 안되는 것이었고 그만큼 막대한 피해가 발생할 가능성이 높았다.

"이쪽에서도 전력을 다해야 할 것 같다. 어설프게 상대하다간 얼마나 많은 피해를……."

진유검이 말을 마치기도 전에, 방금 전 독고무와 충돌을 했던 금모신원이 달려들었다.

금모신원이 휘두른 팔을 가볍게 피해낸 진유검의 손에서 연화장이 펼쳐지고 금모신원의 몸통에서 화려한 연화가 피어올랐다.

꽝! 꽝! 꽝!

마치 철벽을 두드리는 듯한 타격음과 함께 금모신원이 비틀거리며 뒷걸음질 쳤다.

하지만 이내 자세를 바로잡고는 조금 전보다 몇 배는 빠르고 강력한 돌진을 해왔다.

"이거야 원!"

진유검의 입에서 탄성이 터져 나왔다.

손목이 얼얼한 것을 떠나 설마하니 연화장이 무위로 돌아갈 줄은 상상도 하지 못한 표정이었다.

진유검은 어지간한 멧돼지 따위와는 비교조차 되지 않을 위력적인 돌진에 정면으로 맞설 생각을 버렸다.

간발의 차이로 부딪침을 피한 진유검이 뒤꿈치로 금모신원의 뒷무릎을 찍었다.

휘청거린 금모신원이 무게와 달려오던 속도를 이기지 못하고 고꾸라지며 앞에 있던 바위에 머리를 크게 부딪쳤다.

"뭐, 이런 괴물이 다 있어!"

진유검은 머리에 부딪친 바위를 오히려 반쪽 내버린 금모신원을 보며 입을 쩍 벌렸다.

진유검이 공격을 받는 동안 마뇌에게 최하 당주급 이상의 고수들만 남기고 모든 제자를 물리라는 명을 내린 독고무가 혀를 내두르며 소리쳤다.

"내 말이. 천마수가 박살 나는 줄 알았다."

*　　　　*　　　　*

"지, 지금 뭐라 했느냐? 형, 형님께서 어… 찌 되셨다고?"

전령의 멱살을 움켜쥔 남궁판의 눈동자가 파르르 떨렸다.

"도, 돌아가셨습니다."

전령이 울먹이며 대답했다.

"말도 안 된다. 누가 감히 형님을, 검성을 해할 수 있단 말이냐?"

단호한 표정으로 고개를 내저었지만 멱살을 잡은 손은 이미 사시나무 떨 듯 떨리고 있었다.

"검성 어르신뿐만이 아닙니다. 다, 다른 분들까지 모조리 숨… 을 거두셨습니다."

전령은 치미는 격정을 참지 못하고 고개를 떨궜다.

잡아먹을 듯한 눈빛으로 노려보던 남궁판은 피가 나도록 입술을 깨물곤 전령의 멱살을 움켜쥐고 있던 손을 풀었다.

"어… 떤 놈들이냐? 루외루냐?"

남궁판이 필사적으로 마음을 가다듬으며 물었다.

"아마도 그런 것 같습니다."

"아마… 도?"

"놈들이 어르신들의 주검을 수습할 수 있도록 해주었습니다. 일전에 가주님을 공격했던 바로 그들이었습니다."

"역시 그놈들이!"

남궁판이 이를 부득 갈았다.

"그런데 조금 이상한 점이 있었습니다."

"이상한 점이라니?"

남궁판이 섬뜩한 살기를 드러내며 물었다.

"그들의 분위기가 묘했습니다."

잠시 고개를 갸웃거리던 전령이 빠르게 말을 이었다.

"마치 싸움을 패한 사람들처럼 전체적인 분위기가 가라앉아 있었습니다. 음, 그보다는 뭔가를 두려워하는, 아니, 기가 죽었다는 것이 가장 비슷할 것 같습니다."

남궁판은 전령의 말을 쉽게 이해할 수가 없었다.

비록 인원은 얼마 되지 않았지만 검성이 포함된 남궁세가의 전대 고수들이 어떤 의미를 지닌 존재인지 모를 루외루가 아니었다.

그런 지원군을 쓰러뜨렸다는 것은 루외루나 야수궁의 입장에선 이번 싸움의 향방을 결정지어 버린 절대적인 쾌거라 할 수 있었다.

"환호작약을 해도 부족할 마당에 분위기는 도리어 가라앉았고 기가 죽은 것 같다라. 틀림없느냐?"

"예, 제가 느끼기엔 분명 그랬습니다."

잠시 생각에 잠겼던 남궁판이 이해를 했다는 듯 고개를

끄덕였다.

"그분들의 무용을 감안했을 때 그분들을 쓰러뜨리기 위해서 루외루는 엄청난 희생을 감수했을 것이다. 생각보다 훨씬 많은 피해를 당했겠지. 아마도 그런 이유로……."

전령이 남궁판의 말을 끊었다.

"그렇지는 않습니다."

"그렇지 않다니?"

말이 끊겼기 때문인지 남궁판의 음성엔 날이 잔뜩 서 있었다.

"전장엔 본가 어르신들을 제외하곤 다른 이들의 시신을 찾아볼 수가 없었습니다. 주위의 흔적으로 봐선 분명히 큰 싸움이 벌어진 것이 분명한데 어찌 된 일인지 시신은 물론이고 핏자국이나 부러져 나간 무기 조각조차 제대로 찾아볼 수가 없었습니다. 전장에 오직 본가 어르신들만이……."

전령의 말은 이어지지 못했다.

"어르신들께선 언제 도착하시는 겁니까, 당숙조님?"

붉은 피를 흠뻑 뒤집어쓴 채로 달려온 남궁학이 거칠게 숨을 내뱉으며 질문을 던졌다.

"……."

"아직도 연락이 닿지 않은 것이냐?"

남궁학이 전령에게 시선을 돌리며 물었다.

"그, 그게……."

남궁학과 함께 달려온 번강은 전령의 말을 듣고 있을 여유가 없었다.

"중앙이 무너졌습니다. 양쪽 측면과 남궁세가의 지원으로 다행히 전열을 가다듬었고 아직까지는 그런대로 버티고는 있지만 오래는 못 버틸 것 같습니다. 천마신교에서도 별다른 연락이 없는 상황에서 남궁세가의 지원군만이 전세를 뒤집을 유일한 희망입니다. 그분들은 언제 도착하시는 겁니까?"

"……."

남궁판은 차마 대답을 하지 못했다.

"당숙조님!"

"노 선배님!"

답답함을 참지 못한 남궁학과 번강이 동시에 외쳤다.

참담한 눈길로 그들을 바라보던 남궁판이 더없이 허탈한 음성으로 입을 열었다.

"지원군은……."

뭔가 불길한 기운을 느낀 것인지 남궁학과 번강은 숨도 쉬지 못하고 남궁판을 응시했다.

"루외루 놈들에게 그만……."

남궁관은 뒷말을 잇지 못했다.

새하얗게 질린 두 사람의 반응을 감안했을 때 이어질 말 따위는 전혀 필요 없었다.

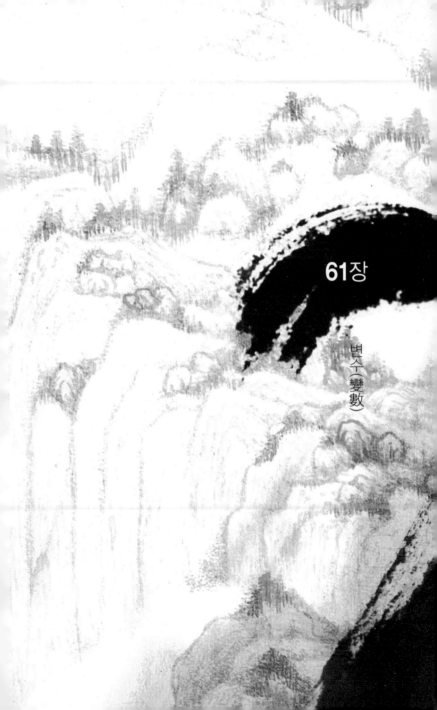

61장

변수(變數)

"크윽!"

외마디 비명과 함께 고독귀의 몸이 휘청거렸다.

뜯겨져 나간 한쪽 팔이 땅에 떨어지기도 전 그의 머리를 향해 금모신원의 무지막지한 주먹이 날아들었다.

팔이 떨어져 나가는 고통은 물론이고 다른 금모신원을 쓰러뜨리면서 지칠 대로 지친 고독귀는 피할 여력이 없었다.

오직 죽음만을 생각하며 질끈 눈을 감았다.

고독귀에게 최후의 일격을 날리려던 금모신원이 비명을

내지르며 멀찌감치 나가떨어졌다.

"교, 교주님!"

독고무가 자신의 목숨을 구한 것을 확인한 고독귀의 얼굴에 감사함과 민망함이 교차했다.

"정신 차려. 이런 데서 개죽음 당하려고 그 고생을 한 것이 아니잖아."

"면목 없습니다."

고독귀가 고개를 숙였다.

팔이 뜯겨져 나간 어깨를 보는 독고무의 눈빛이 살짝 흔들렸다.

그것을 눈치챈 고독귀가 지혈을 하며 씨익 웃었다.

"그런 눈으로 보실 필요 없습니다. 그깟 팔 하나 잃었다고 이 고독귀, 어찌 되지 않습니다."

말은 그리해도 고수들의 세계에선 그야말로 미세한 차이가 생사를 가른다는 것을 두 사람은 모르지 않았다.

부단한 노력을 한다면 언젠가는 그 차이를 극복해 낼 수도 있겠지만 지금 시점에서 팔을 잃는다는 것은 감당키 힘든 약점으로 작용할 것이 분명했다.

"어쨌거나 한 마리 남았습니다, 교주님."

독고무의 표정이 좋지 않다고 여긴 고독귀가 얼른 분위기를 바꾸며 최후의 금모신원을 몰아붙이고 있는 진유검을 향해 고개를 돌렸다.

"그렇긴 하지만 역시 피해가 컸어."

독고무의 입에서 짙은 한숨이 흘러나왔다. 조금 전 상황을 떠올리자 절로 마음이 무거워졌다.

진유검과 독고무, 그리고 천마신교의 당주급 이상의 고수들이 포위망을 구축하며 금모신원을 상대하고 있을 때 미처 시야에서 잡히지 않았던 두 마리의 금모신원이 뒤로 물러나 있던 천마신교 제자들에게 달려들었다.

온갖 비명이 난무하는 가운데 갑작스레 공격을 당한 천마신교 제자들은 어찌할 바를 몰라 했다.

얼마 전 싸웠던 호랑이들도 무서웠지만 금모신원의 위력은 차원을 달리했다.

아무렇게나 휘두르는 팔의 힘은 물론이고 심지어 물어뜯는 힘마저도 호랑이보다 몇 배나 강력했다.

닥치는 대로 살상을 하는 것은 호랑이와 마찬가지였지만 금모신원은 인간만큼이나 영악했다.

인간의 동료를 잡고 있으면 공격이 약해진다는 것을 눈치채곤 낚아챈 인간을 방패 삼아 혹은 무기 삼아 피해를 늘려간 것이다.

그래도 재빨리 끼어든 안궁과 하도해의 활약으로 최악의 상황은 벗어날 수 있었지만 눈 깜짝할 사이에 사십 가까운 인원이 목숨을 잃고 말았다.

'예상치 않은 신세를 지고 말았군.'

독고무는 자신들의 공을 내세우지 않고 조용히 물러난 안궁과 하도해를 가만히 바라보았다.

"정말 대단한 괴물입니다."

금모신원의 사냥이 거의 끝나가는 것을 확인한 사도은이 가쁜 숨을 몰아쉬며 독고무 곁으로 다가왔다.

"그러게. 마뇌가 저놈들을 보고 신성한 원숭이라 했을 때 비웃은 것이 미안해질 정도야. 솔직히 놈들과 일대일로 싸웠을 때 이길 수 있는 사람이 몇이나 될지 모르겠군."

"혈륜전마와 수라노괴까지 고전을 했다고 들었습니다. 어, 그런데 자… 네."

마뇌가 피가 뚝뚝 떨어지고 있는 고독귀의 팔을 발견하곤 깜짝 놀랐다.

"그렇게 되었습니다."

진심으로 창피한 것인지 씁쓸히 웃는 고독귀의 얼굴이 붉게 물들었다.

"야수궁 놈들도 대단해. 어떻게 저런 괴물들을 길들일 생각을 한 것인지 모르겠어."

"아마도 그 주술사들의 힘이 작용했을 것입니다. 주술로써 금모신원을 제압한다면 길들이는 것도 무리는 아니겠지요."

"하지만 완벽하지는 않았던 것 같군. 오히려 흉성이 폭발한 놈들에게 당하고 말았으니."

"기록에 의하면 금모신원은 꽤나 영특한 머리를 지니고 있다고 했습니다. 어쩌면 주술사들이 자신들을 길들이려 한다는 것을 느끼고 있었을 것입니다. 그렇다는 가정하에 주술사들의 죽음은 흉성이 폭발한 탓도 있었겠지만 금모신원들이 기회를 노리고 있었을 수도 있다는 생각이 듭니다."

"설마 그러기야 할라고."

독고무는 마녀가 금모신원을 너무 높이 평가한다고 여기면서도 한편으로 그럴 수도 있다는 생각을 했다. 그만큼 금모신원이 보여준 힘은 대단했다.

"끔찍하군요. 야수궁이 저런 괴물을 완벽하게 길들이고 숫자까지 늘렸다면……."

고독귀는 자신이 말을 하면서도 생각만으로 섬뜩한지 몸을 부르르 떨었다.

꽝! 꽝! 꽝!

강력한 타격음과 함께 금모신원의 거대한 몸이 힘없이 나뒹굴었다.

진유검이 통나무를 맹렬하게 휘두르며 공격을 하던 금모신원의 품을 파고들어 극성의 연화장을 제대로 안겨준 것이다.

천하제일을 논하는 진유검의 공격은 금강불괴에 가까운 몸뚱이를 지닌 금모신원이라도 감당할 수가 없는 것.

애당초 반각에 가까운 공방을 펼치면서 그의 공격을 몇 차례나 버텨낸 것만으로도 모든 이를 경악할 만큼 대단한 것이었다.

연화장에 맞고 나가떨어진 금모신원의 움직임이 급격히 느려지자 그제야 기세를 푼 진유검이 이마에 흐르는 땀을 닦아냈다.

"지치네."

"고생했다."

곁으로 다가온 독고무가 그의 어깨를 두드렸다.

"저놈이 아마 무리의 우두머린 것 같다. 덩치도 그렇고 힘도 그렇고."

"그래, 조금 전에 싸운 녀석과는 움직임 자체가 달라. 마구잡이로 움직이는 것 같은데도 어지간한 고수보다 훨씬 빠르다. 예측하기도 힘들고. 게다가 몸뚱이는 얼마나 단단한지."

진유검은 양손을 몇 번이나 접었다 폈다를 반복하며 흡사 바위덩어리를 후려치던 그 느낌을 기억했다.

"그나저나 큰일이다. 너무 늦었어."

진유검의 말에 독고무가 무겁게 고개를 끄덕였다.

한쪽 팔을 잃은 고독귀를 비롯하여 금모신원을 공격했던 천마신교의 수뇌 중 몇몇이 큰 부상을 당했고 뒤로 물러났던 병력에서도 피해가 발생한 것도 문제였지만 무엇보다 금모신원으로 인해 시간을 너무 지체했다는 것이 심각한 문제였다.

강남무림 연합군이 야수궁의 공격을 받고 있다는 연락을 받은 지 이미 한참 전, 예정대로라면 벌써 싸움에 참여하여 지원을 했어야 했다.

주술사들과 금모신원으로 인해 거의 반 시진 가까운 시간을 허비하고 말았으니 촌각을 다투는 상황에서 반 시진이라면 그야말로 천지가 개벽할 시간이라 할 수 있었다.

"서두르자. 상황이 좋지는 않아도 쉽게 무너지지는 않았을 거다."

진유검은 독고무의 대답도 기다리지 않고 먼저 발걸음을 움직였다.

"그렇다면 다행이지만 과연 바람대로 될는지."

조용히 중얼거린 독고무가 동료들의 시신을 수습하느라 정신없는 수하들에게 명을 내렸다.

"이동한다."

"이상해, 아무리 봐도 이상해."

치열한 격전이 펼쳐지는 전장이 한눈에 보이는 언덕.

단우 노야가 마치 유람이라도 나온 듯 달구지 위에 비스 듬히 누운 채 술병을 흔들고 있었다.

"뭐가 이상하단 말씀입니까?"

가장 먼저 운기조식을 끝낸 인요후가 조심스레 물었다.

남궁세가 원로들과의 싸움으로 인한 부상이 제법 심했는 지 운기조식을 마쳤음에도 안색이 과히 좋지 않았고 처를 싸맨 붕대에서도 피가 배어 나오는 것을 보면 외상도 만만 치 않은 듯했다.

"저기, 저놈 보이느냐?"

단우 노야가 술잔을 든 채로 팔을 쭈욱 뻗었다.

술잔을 따라 시선을 옮기던 인요후가 고개를 갸웃거렸 다.

"누구를 말씀하시는 건지……."

"루외루의 어린아이와 싸우는 녀석 말이다. 형산파 제자 들을 부리는 것으로 보아 아마도 형산파 문주인 것 같구 나."

그제야 단우 노야가 누구를 가리키는지 확인한 인요후가

번강에게 시선을 고정하며 말했다.

"형산파의 문주라면 번강이라는 자입니다."

"네 눈엔 저 녀석의 실력이 어떠한 것 같으냐?"

단우 노야의 물음에 잠시 동안 번강을 살피던 인요후가 대수롭지 않다는 표정으로 말했다.

"제법 뛰어난 것 같기는 하지만 사부께서 흥미를 보이실 정도는 아닌 것 같은데요."

"네 말이 맞다. 검성과 비교하면 어림도 없는 실력이지. 그런데 자꾸만 눈이 가는구나."

"제가 모르는 다른 특별한 점이 보이시는 겁니까?"

"특별한 점이라. 글쎄, 특별하다면 놈이 아니라 저 어린 아이겠지."

"루외루의 후계자라는 계집 말이군요."

단우 노야의 말에 인요후가 번강과의 싸움에서 다소 밀리는 모습을 보여주고 있는 공손유에게 시선을 돌렸다.

"어떠냐?"

단우 노야가 의미심장한 눈빛으로 물었다. 인요후가 미간을 살짝 찌푸리며 대답했다.

"그다지 특별해 보이지는 않습니다. 부상도 당한 것 같군요. 저런 계집이 루외루의 후계자라니 실망입니다. 상대가 아무리 강하다고는 해도 명색이 무림삼비라는 루외루가… 악!"

인요후는 미처 말을 끝맺기도 전에 단우 노야가 던진 술잔에 머리를 맞고 말았다.

"사부님!"

인요후가 머리를 만지며 인상을 구기자 단우 노야가 한심하다는 듯 혀를 찼다.

"그러니까 네놈들이 안 되는 거란 말이다. 어디 그따위 안목을 가지고선."

"예?"

인요후가 눈을 동그랗게 뜨고 되물을 때 때마침 운기조식을 마치고 두 사람의 대화를 듣고 있던 석파행이 나직이 말했다.

"실력을 감추고 있군요. 보통은 아닌 것 같습니다."

석파행을 향해 힐끗 시선을 던진 단우 노야가 콧방귀를 뀌었다.

"흥! 그래도 한 살이라도 더 먹은 녀석이 낫구나. 장담컨대 네 녀석들, 아니, 네놈들의 사형 중에서도 저 어린아이를 이길 수 있는 녀석은 거의 없을게다. 많아봐야 서넛이나 되려나?"

"마, 말도 안 됩니다."

무거운 표정으로 입을 다물고 있는 석파행과는 달리 펄

쩍 뛰는 인요후는 단우 노야의 말을 도저히 믿지 못하겠다는 표정을 지었다.

"말이 되고 안 되고는 네놈이 상관할 바가 아니고. 이 사부가 이상하게 여기는 것은 그만한 실력을 지닌 저 아이가 어째서 저런 짓을 하느냐는 것이다. 상대의 실력이 만만치 않다고는 해도 본 실력을 발휘하면 그다지 어렵지 않게 승리를 거둘 텐데 저 아인 어째서 저렇게 고전하는 모습을 보여주는 것일까?"

"야수궁을, 우리를 의식해서 실력을 감추려는 의도라 생각됩니다. 지금이야 서로 협력을 하고 있다고 해도 결국 쓰러뜨려야 하는 상대라는 것은 서로 알고 있을 테니까요."

석파행이 조심스레 말했다.

"아닐 게다. 노부에게 뻔히 실력이 드러났는데 이제 와서 굳이 실력을 감춘다는 것은 말이 되지 않아. 차라리 이번 싸움에서 승리를 하는 데 결정적인 역할을 하는 것이 이후의 상황에서 더욱 유리할 터. 이해가 가지 않는구나. 아무리 생각해도 이해가 가지 않아."

루외루의, 공손유의 의도를 정확하게 파악하지 못하는 것이 마음에 들지 않는지 자꾸만 고개를 흔드는 단우 노야의 심기가 영 불편해 보였다.

단우 노야와 그의 제자들이 자신을 주목하는 것을 아는

지 모르는지 공손유는 며칠 전에 이어 오늘의 싸움에서도
번강에게 패하여 물러나고 말았다.

루외루의 수장을 꺾음으로써 기세를 올린 번강은 전장
곳곳을 헤집고 다니며 싸움을 이끌었고 그의 맹활약 덕분
에 중앙이 뚫리며 형편없이 밀리던 싸움의 양상이 조금은
변한 듯했다.

단우 노야는 패퇴한 공손유가 아니라 승승장구를 하고
있는 번강을 가만히 살폈다.

어느 순간, 홀로 술잔을 기울이며 번강을 살피던 단우 노
야의 눈빛이 차갑게 번뜩였다.

맹렬하게 공세를 퍼붓던 루외루의 병력이 번강이 지휘하
는 곳에서만큼은 맥없이 물러나는 상황이 몇 번이나 반복
된 직후였다.

겉으로 드러난 상황이야 번강이 간신히 승기를 잡는 것
처럼 보였지만 단우 노야의 날카로운 눈을 속일 수는 없었
다.

게다가 치열하게 벌어진 싸움치고는 양측의 사상자가 생
각보다 많지 않았다.

번강에게 패퇴한 루외루의 병력이 남궁세가와의 싸움에
선 조금 전과는 전혀 다른 기세로 공격을 퍼붓는 것을 확인
한 단우 노야는 비로소 웃음을 터뜨렸다.

"허허! 어린것이 아주 맹랑한 생각을 하고 있었구나."

그를 괴롭혔던 의문점이 해결된 것인지 한결 표정이 편해보였다.

"어째서 실력을 감춘 것인지 알아내신 겁니까?"

석파행이 물었다.

"대충 알 것 같기는 하구나. 저 아이의 생각인지 아니면 루외루의 생각인지는 모르겠지만 제법 그럴듯한 계획이야."

말은 그리했지만 석파행은 단우 노야의 입가에 지어진 웃음이 비웃음이라는 것을 단번에 눈치챌 수 있었다.

"자, 이제 녀석을 만나러 가보자꾸나."

단우 노야의 말에 석파행과 인요후는 물론이고 뒤늦게 운기조식을 마친 두 명의 제자 또한 단우 노야가 언급한 사람이 누군지 알지 못해 멍한 반응을 보일 때 전장을 뒤흔들 수 있는 변수가 등장했다.

귀사족의 주술사들과 그들이 길들이려 했던 금모신원의 방해를 뚫어낸 천마신교가 마침내 전장에 도착한 것이었다.

"천마신교입니다."

낭패감이 담긴 일액의 말에 묵첩파는 대수롭지 않다는

얼굴로 말했다.

"뭘 그리 놀래? 어차피 놈들을 막을 수 있다고는 생각하지 않았잖아."

"그렇긴 합니다만 예상보다 빠르고 또 많은 병력입니다."

묵첩파의 한쪽 눈이 찌그러졌다.

"츕, 천마신교와 부딪친 것이 벌써 몇 번인데 그동안 숫자조차 제대로 줄이지 못했다는 말이군."

"죄송합니다."

일액이 고개를 숙였다.

"됐고. 놈들을 막을 방법은?"

"솔직히 천마신교는 그리 두려운 상대는 아닙니다. 전세도 이미 되돌릴 수 없을 만큼 확연히 기울었습니다. 다만 문제는……."

"수호령주?"

"그렇습니다. 날뛰도록 놔둔다면 엄청난 피해가 예상됩니다. 그자들의 수하들 또한 뛰어나고요."

"천강십이좌라고 했던가?"

"그렇습니다."

"결국 수호령주와 그 부하 놈들을 날뛰게 놔둔다면 이겨도 이긴 것이 아니라는 말이지?"

"그렇습니다."

"그렇다면 답은 하나네."

묵첩파가 천천히 자리에서 일어났다.

"전력을 다해 놈을 잡아야지. 지금 즉시 루외루의 어린 계집에게 전령을 보내라."

"예?"

일액이 두 눈을 휘둥그레 떴다.

"우리 쪽만 피해를 볼 수는 없잖아. 수호령주라면 루외루에서도 치를 떨 테니까 지원군을 보내라고 해. 어설픈 놈들 보낼 생각은 하지도 말라고 제대로 경고하고. 그래, 딱 집어 경천검혼을 보내달라고 하면 되겠네."

"쉽게 내주지 않을 겁니다."

일액의 회의적인 표정에 묵첩파가 차갑게 웃었다.

"그럼 더 이상의 협력 관계는 의미가 없는 것이겠지."

일액의 눈이 휘둥그레졌다.

"위에서 추진한 동맹입니다. 괜찮으시겠습니까?"

"상관없다. 다른 놈도 아니고 수호령주야. 어쩌면 우리보다 루외루에서 불을 켜고 달려들어야 할 상대지. 그런데 외면한다면 그까짓 동맹이야 있으나 마나 한 거잖아. 어차피 한시적인 동맹이라는 것은 서로 알고 있지만 그래도 그때까지는 서로에게 최선을 다해야 하는 거 아냐? 그리 알고 어서 전령을 보내. 시간 없다."

묵첩파의 명을 받은 일액은 심각히 고민하다 입을 열었
다.

"제가 가도록 하겠습니다."

"그래? 그러든지."

묵첩파는 일액이 어떤 생각으로 직접 나서려고 하는 것
인지 알고 있음에도 쓸데없는 짓을 한다는 듯 심드렁한 표
정으로 대꾸했다.

천마신교가 전장에 도착한 이후, 야수궁과 루외루의 연
합이 압도를 하던 전황은 나름 균형을 맞추기 시작했다.

천마신교를 상대하기 위해 야수궁은 중검문을 완벽하게
농락했던 독수당을 후위로 돌렸고 운선장을 압살하던 거웅
족의 전사들로 하여금 그들을 지원케 했다.

그 바람에 금방이라도 질식할 것 같았던 강남무림 연합
군은 한숨 돌릴 여유가 생겼다.

게다가 지원군이 도착했다는 소식까지 전해지며 바닥까
지 내려온 사기가 급격하게 상승했다.

"이제 곧 숨통이 끊어졌을 터인데 천마신교의 도착으로
놈들이 버틸 힘을 얻었다."

갈천상이 급변하는 전장의 분위기를 느끼며 혀를 찼다.

"남궁세가를 철저하게 무너뜨리지 못한 것이 조금 아쉽기는 해도 의도했던 것은 어느 정도 성공을 했으니 우리가 얻을 것은 다 얻었습니다. 다만 원하지 않는 문제가 생길 것 같네요."

공손유가 자신들을 향해 황급히 달려오는 일액을 슬쩍 바라보았다.

일액을 확인한 갈천상의 눈쌀이 절로 찌푸려졌다.

지금 같은 상황에서 야수궁의 이인자가 찾아오는 이유가 너무도 뻔했기 때문이었다.

"지원을 요청할 생각이군."

"아마도요."

"어찌할 생각이냐?"

"일단은 최대한 협조를 해야겠지요. 무황성을 완전히 무너뜨리긴 전까지는 동맹 관계를 유지해야 할 테니까요. 제게 맡겨주세요."

"알았다."

조용히 대답한 갈천상은 일액이 도착하는 것과 동시에 한걸음 뒤로 물렀다.

"부상을 당하셨다고 들었습니다. 괜찮으십니까?"

일액이 가볍게 예를 차리며 물었다.

걱정스런 말투였으나 공손유의 몸을 살피는 눈빛은 날카

롭기만 했다.

"부끄러운 모습을 보였습니다."

공손유가 피묻은 어깨를 감추듯 어루만지며 말했다.

"번강이란 자에게 패퇴… 물러나셨다는 보고를 받고 궁주님께서도 많이 염려하셨습니다."

"실력이 부족하여 내상을 조금 당했지만 크게 걱정하실 정도는 아닙니다."

"천만다행입니다. 지금처럼 중차대한 상황에서 공손 소저께서 건재하셔야지요."

"고맙습니다. 한데 여기까지는 어쩐 일로 오셨습니까? 혹, 천마신교 때문에……."

"전세는 이미 확연히 기울었습니다. 천마신교 따위가 문제가 되지 않습니다."

"그러면 역시……."

공손유가 말끝을 흐리며 일액의 눈치를 슬쩍 살폈다.

어차피 뻔한 상황에서 굳이 말을 돌릴 필요가 없다고 여긴 일액이 곧바로 본론을 꺼냈다.

"그렇습니다. 수호령주 때문에 찾아왔습니다."

"무엇을 원하시나요?"

공손유도 말을 돌리지 않고 단도직입적으로 물었다.

"수호령주를 잡아야겠습니다."

"으음."

"음."

공손유과 갈천상의 입에서 동시에 신음이 터져 나왔다.

싸움에서 승리를 하기 위해서라도 당연한 수순이었으나 수호령주라는 이름이 주는 무게감은 결코 가벼운 것이 아니었다.

특히 그동안 막대한 피해를 당한 루외루로선 더욱 그랬다.

"방법이 있습니까?"

공손유가 차분한 음성으로 물었다.

"딱히 방법이 있을리가 없지요. 오직 한 가지 방법뿐입니다."

"차륜전(車輪戰)."

갈천상이 조용히 말했다.

"맞습니다. 놈이 쓰러질 때까지 끊임없이 몰아칠 생각입니다. 차륜전이라기보다는 물량전이라고 하는 것이 맞겠군요."

"어지간한 실력자들이 아닌 바에야 피해만 늘고 의미 없는 짓일 터인데."

"그렇습니다. 본궁으로서도 다소 벅찬 일이지요. 해서 정식으로 루외루의 지원을 요청하기 위해서 왔습니다."

이미 짐작을 했던 것이기에 공손유와 갈천상은 별다른 동요를 하지 않았다.

"놈을 상대하기 위해 본 궁은 궁주님 이하 서열 십 위 내의 고수 일곱을 준비했습니다. 루외루에서도 최소한 그 정도의 인원은……."

공손유가 일액의 말을 자르고 들어왔다.

"안타깝지만 우리 쪽엔 그만한 실력자가 몇 없습니다. 대신 병력을 최대한 지원하도록……."

이번엔 일액이 그녀의 말을 잘랐다.

"병력은 우리도 차고 넘칩니다. 수호령주와 천강십이좌라는 그의 수하들, 천마신교의 수뇌들을 상대할 고수가 부족한 것이지요."

"우리 쪽에 여유가 없다는 것은 군사께서도 잘 아시잖아요. 자칫하면 전열이 흐트러질 수 있습니다. 그리되면 수호령주가 문제가 아니라 다 잡은 고기마저 놓치는 우를 범하게 됩니다."

강남무림 연합군을 끝장내지 못할 수도 있다는 은근한 협박에도 일액은 눈 하나 깜짝 하지 않았다.

"재밌는 말씀이군요. 그런 잔챙이들보다는 수호령주라는 대어가 훨씬 중요하다는 것은 공손 소저께서도 아실 텐데요. 그리고 솔직히 말씀드려 우리는 이미 충분한 승리를 거뒀습니다. 이대로 물러난다고 해도 남궁세가는 물론이고 강남무림은 더 이상 본궁에게 대항할 힘이 없다고 확신합니다."

"......."

싸움을 포기하고 퇴각할 수 있다는 일액의 말에 공손유는 순간적으로 말문이 막혔다.

"수호령주가 건재한 것이 조금 걸리기는 하지만 나머지 삼패가 진격을 하는 와중에 언제까지 이곳 전장만 고집하진 않겠지요."

"그걸 지금 말……."

여유까지 느껴지는 일액의 말에 발끈하려던 공손유를 한 발 물러나 있던 갈천상이 가만히 만류했다.

"그래서, 어느 정도까지 원하는 것인가?"

갈천상과 공손유의 반응을 보며 자신의 의도대로 되었다고 여긴 일액이 애써 표정을 숨기며 말했다.

"직접 나서주시지요."

갈천상의 검미가 꿈틀댔다.

"노부에게 하는 말인가?"

"그렇습니다. 경천검혼께서 나서주신다면 본궁도 피해를 감수하고 전력을 다해 수호령주를 쓰러뜨릴 생각입니다."

"안 돼요. 그럴 수는 없어요."

깜짝 놀란 공손유가 단호히 고개를 저었다.

"하면 본궁도 어쩔 수 없습니다. 우리만 일방적인 피해를 당할 수는 없으니까요."

일액이 차갑게 대꾸했다.

"노부만 움직이면 되는 것인가?"

갈천상의 호의적인 반응에 일액이 얼른 표정을 고치며 대꾸했다.

"저야 충분하다고 여기지만 그래도 보는 눈이 있으니 최소한의 인원은 맞춰 주시는 것이……."

"호법 수준으로 두 명을 더 지원하지."

"그 정도면 충분할 것입니다."

일액은 더 이상 토를 달지 않았다.

루외루의 호법이라면 어지간한 문파의 장로보다 훨씬 뛰어난 고수라 할 수 있었고 무엇보다 갈천상의 지원을 약속받은 것으로 원하는 것을 이미 얻었기 때문이었다.

"바로 움직이셔야 할 것입니다. 시간적인 여유가 없습니다."

"알았네. 바로 준비를 하지."

"기다리겠습니다."

일액이 정중히 예를 차리고 물러나자 공손유가 불만 어

린 표정으로 입을 열었다.

"어째서 저들의 요구를 들어주셨지요?"

"동맹을 깰 수는 없는 노릇이니까. 게다가 수호령주를 잡을 수 있는 절호의 기회가 아니더냐? 야수궁이 전력을 기울인다면 천하의 수호령주라고 해도 감당하기는 쉽지 않을 것이다."

"그럼 제가 가도록 하지요."

"그건 안 된다."

"원로님!"

공손유가 목소리를 높였다.

"네가 부족해서 그런 것이 아니다. 네가 이미 노부보다 뛰어난 실력을 지녔다는 것은 느끼고 있었다. 하지만 지금까지의 상황을 돌이켜 보거라. 너는 지금 번강과의 싸움에서 두 번이나 패퇴하였다. 그런 네가 수호령주와 싸운다면, 그래서 지금과는 비교도 되지 않을 뛰어난 실력을 발휘한다면 모든 사람이 번강과의 싸움을 두고 의심을 할 것이다. 그런 이유로 이 녀석도 데리고 가지 못하는 것이다."

갈천상은 공손유 곁에서 강렬한 눈빛으로 참전을 원하는 고운을 바라보며 피식 웃었다.

"그렇기는 하지만……."

"큰 그림을 그리기 위해 지금까지 애써 오지 않았느냐?

그것을 헛되이 할 수는 없는 노릇. 그런 이유로 네가 아닌 노부가 가야 하는 것이다."

그럴듯한, 그리고 틀림없이 맞는 이유였지만 그럼에도 불구하고 공손유는 마음이 편하지 않았다. 갈천상의 눈에 드러난 호승심을 간파한 것이다.

"하아! 제가 원로님께서 어떤 분이라는 걸 잠시 잊고 있었네요."

"허허! 미안하구나. 하지만 무인으로서 그만한 상대를 만날 수 있다는 것은 참으로 가슴 뛰는 일이지. 정식으로 대적을 해보고 싶은 마음이 굴뚝같기는 하다만 상황이 여의치 못하니 아쉬울 뿐이다."

갈천상은 마치 눈앞에 새로운 장난감을 둔 어린 아이처럼 두 눈을 반짝거렸다.

갈천상 정도의 고수가 칠십이 넘는 나이에도 그토록 설레는 표정을 할 수 있다는 것을 본 공손유는 자신의 어떤 설득도, 설사 지위를 내세워 명을 내린다고 해도 통하지 않으리라는 것을 직감했다.

"어쩔 수 없군요. 하지만 한 가지만 약속해 주세요."

"무엇을 말이냐?"

"반드시 무사히 돌아오신다고요."

"상대가 다른 사람도 아니고 수호령주거늘 무사히까지

바라는 것은 솔직히 욕심이겠지. 그래도 무사히 돌아올 수 있도록 최선은 다해 보도록 하마."

너털웃음을 흘린 갈천상이 몸을 돌렸다.

수호령주라는 거대한 적과의 싸움을 앞둔 사람 같지 않은 더없이 가벼운 발걸음을 보면서도 공손유의 눈에선 불안감이 가시질 않았다.

일액이 공손유에게 밝힌 대로 묵첩파는 진유검을 상대하기 위해 야수궁에서 최고로 손꼽히는 일곱 명의 고수를 불러 모았다.

그중에는 직접 수하들을 부리며 전장을 헤집고 다니던 자들고 있었고 묵첩파와 마찬가지로 직접 싸움에는 참여치 않고 관망하던 자도 있었다.

묵첩파는 자신의 명을 기다리는 고수들을 바라보며 흡족한 미소를 지었다.

지금껏 그만큼 전의에 불타는 눈빛을 본 적이 없기 때문이다.

심지어 무림 정벌을 위해 출정에 나섰을 때도 지금 정도는 아니었다.

'하긴 상대가 상대니까.'

묵첩파는 자신도 모르게 살짝 떨리고 있는 손끝을 바라

보았다.

눈앞의 고수들을 직접 이끌고 참전하기로 결정한 이후부터 멈추지 않는 기분 좋은 떨림이었다.

그때, 지원군을 요청하기 위해 직접 움직였던 일액이 도착했다.

"누가 온다고 하더냐?"

묵첩파는 루외루의 참여를 기정사실로 여기고 있는 듯했다.

"경천검혼이 움직이기로 결정되었습니다."

"혼자?"

"호법급으로 두 명 정도가 더 참여할 것 같습니다."

고작 세 명이라는 말에 묵첩파는 눈썹을 꿈틀댔지만 이번 싸움에 참여한 루외루의 고수들의 면면을 감안했을 때 그 정도면 최선이라 생각하곤 노기를 거둬들였다.

묵첩파 역시 일액과 마찬가지로 경천검혼의 지원을 이끌어낸 것만으로도 충분히 성공이란 생각을 하고 있었다.

"자, 그럼 가볼까?"

묵첩파가 거웅족의 수장들을 유린하고 있는 진유검을 향해 턱짓을 했다.

"경천검혼이 도착하지 않았습니다."

일액이 깜짝 놀라며 소리쳤다.

"언제까지 저리 날뛰도록 놔둘 수는 없잖아. 수하들이 모조리 죽은 다음에 움직이라는 말이냐?"

핀잔을 던진 묵첩파가 육중한 몸을 움직였다.

그의 뒤로 남호족, 청사족의 족장 등이 더없이 긴장하면서도 흥분된 표정으로 걸음을 움직였다.

한데 바로 그 순간, 전혀 엉뚱한 곳에서 그들이 전혀 생각하지 못한 변수가 발생하고 있었다.

"어떻게 해야 하지?"

"그러… 게."

안궁과 하도해는 서로의 얼굴을 마주보며 어쩔 줄을 몰라했다.

두 사람은 쉽게 판단을 내리지 못하고 단우린을 바라보는 것으로 그녀에게 모든 결정을 맡겨 버렸다.

"어떡하긴 뭘 어떡해. 지금 상황에서 요청을 받아들이지 않는 것이 오히려 이상하잖아."

두 사람의 고민과는 달리 단우린의 선택은 간단했다.

"하지만 동맹… 을 맺은 상황이다."

안궁이 주변을 둘러보며 속삭이듯 말했다.

"그거야 우리가 공식적으로 움직일 때 얘기고 지금은 아니잖아. 그리고 야수궁을 상대하라는 것도 아니고……. 뭐야? 숙부들도 원하고 있었잖아!"

단우린이 자신들도 모르게 어깨를 들썩이고 있는 안궁과 하도해를 새침하게 노려보았다.

"험험, 우리가 언제?"

"순전히 오해다, 그건."

안궁과 하도해가 황급히 고개를 저었지만 단우린의 비웃음만 살 뿐이었다.

"어쨌든 막으라는 말이군."

"쉬운 상대는 아니다."

"쉬운 정도가 아니라 잘못하면 골로 가겠지."

"그래도 저 정도의 상대를 만날 수 있는 기회는 흔치 않아. 흐흐흐!"

뭐가 그리 신이 나는지 서로 말을 주고받는 안궁과 하도해의 입가엔 환한 웃음이 걸려 있었다.

"설마 일대일로 붙을 생각이야?"

단우린이 어이없는 얼굴로 물었다.

"당연히……."

안궁과 하도해는 약속이라도 한듯 단우린의 눈치를 살피며 말끝을 흐렸다.

"안 돼!"

단우린이 뾰족하게 소리쳤다.

"그러기만 해봐."

잡아먹을 듯한 눈으로 노려보는 단우린의 시선을 피해 한참이나 딴청을 피다가 슬쩍 시선을 교환한 안궁과 하도해가 재빨리 자리를 떴다.

야수궁은 물론이고 루외루에서도 전혀 예상하지 않은 변수, 적진을 면밀히 살피던 마뇌의 요청을 받은 안궁과 하도해가 경천검혼 갈천상을 노리며 움직이기 시작한 것이다.

"교주님!"

자신을 부르는 소리에 군림도를 들고 정신없이 적들을 몰아치던 독고무가 움직임을 잠시 멈췄다.

천마신교가 전장에 도착한 지 얼마 되지 않았음에도 독고무의 전신은 이미 적들의 피로 흠뻑 물들었다.

독고무가 시선을 돌리자 마뇌와 함께 있어야 할 고독귀가 혈마대를 대동하고 달려오고 있었다.

"진 공자님을 지원하셔야 할 것 같습니다."

"유검을? 어째서……."

질문을 던지며 고개를 돌리던 독고무의 낯빛이 살짝 굳어졌다.

진유검과 그를 따르는 임소한, 여우희는 독고무가 붙여

준 진마대를 이끌고 거웅족을 공격하는 중이었다.

자신보다 머리 하나는 큰 거웅족의 수뇌들과의 대결에서 다소 고전을 하는 임소한, 여우희와는 달리 진유검은 거웅족 족장을 중심으로 하는 여러 고수의 합공 속에서도 여유로움을 잃지 않고 맹활약을 펼쳤다.

그 덕분에 수적인 열세에도 불구하고 전체적인 싸움은 거웅족이 아닌 진마대가 승기를 잡은 상태였다.

한데 그런 진마대를, 정확히는 진유검을 노리며 움직이는 자들이 있었다.

숫자는 열 명이 채 되지 않았지만 그들 한 명, 한 명에게서 뿜어져 나오는 기운이 예사롭지 않았다.

'특히 저자는 대단하군.'

독고무는 일행의 선두에 서서 거만하게 발걸음을 놀리는 묵첩파를 눈여겨 살폈다.

물론 그가 야수궁의 궁주라는 생각은 미처 하지 못했다.

"한데 저들은……."

독고무가 묵첩파의 반대편 쪽에서 움직이고 있는 이들을 알아보곤 놀란 표정을 지었다.

독고무가 가리킨 자들을 확인한 고독귀가 빠르게 설명했다.

"루외루 쪽의 움직임도 심상치 않아서 마뇌께서 지원을

요청한 것으로 압니다."

"그렇다고 저들까지? 하긴, 지금 상황에서 사소한 것을 따질 이유는 없겠지. 실력이야 의심할 여지가 없으니까. 아무튼 저만한 고수들을 동원하는 것을 보니 야수궁에서 아주 작정을 했군."

"예, 저들의 기세를 보건데 어쩌면 진 공자께서 위험할 수도 있다는 생각이 듭니다. 만약 그리되면……."

"그럴 일은 없겠지만 만에 하나라도 문제가 생긴다면 큰일이겠지. 그런데 은근히 기분이 나쁜걸. 나란 존재는 전혀 논외라는 말이잖아."

독고무는 야수궁이 진유검을 상대하기 위해 대대적으로 움직이고 있는 것에 반해 자신에 대해선 별다른 조치를 취하지 않는 것에 자존심이 상한다는 표정을 지었다.

"그것이 실수라는 것을 보여주는 것도 나쁘지는 않겠지."

차갑게 웃은 독고무가 진유검을 향해 움직이려 할 때였다.

야수궁 진영에서 대략 오십 정도의 무리가 독고무를 노리며 접근하기 시작했다.

천마신교 교주를 노리기엔 결코 많은 인원이라고 할 수 없었지만 그들 개개인의 실력이 천마신교의 제자들보다 휠

씬 뛰어나다는 것을 감안했을 때 적은 숫자라고도 할 수는 없었다.

특히 그들을 이끄는 호위대장 옹니는 묵첩파를 제외하곤 어느 정도의 실력을 지니고 있는지 전혀 파악되지 않은 실력자 중의 실력자였다.

"완전히 무시를 당한 것은 아니라 참으로 고맙군."

독고무의 입가에 싸늘한 조소가 지어졌다.

"따르라."

명을 내린 독고무가 옹니를 향해 내달리자 혈마대가 커다란 함성과 함께 즉시 따라붙었다.

"웬 놈들이냐?"

갈천상과 함께 진유검을 치기 위해 이동하던 호법 도총이 앞을 가로막고 있는 안궁과 하도해를 날카롭게 쏘아보며 물었다.

"그냥 적이라고 해둡시다."

안궁이 씨익 웃으며 말했다.

여유로운 태도에 도총의 눈이 좌우로 쫙 찢어졌다.

"건방진 놈들이군."

금방이라도 살수를 날릴 것처럼 보이는 표정과는 달리 도총은 쉽게 움직이지 못했다.

그만큼 안궁과 하도해에게서 전해지는 기운이 예사롭지 않았다.

하지만 안궁과 하도해의 마음도 편하지는 않았다.

경천검혼이야 그렇다 쳐도 그를 따르는 중년인과 노인의 실력까지 예상보다 훨씬 뛰어났기 때문이었다.

[강해 보이는데, 저 늙은이.]

[그러게. 그 옆에 사내도 만만치 않고. 일대일이라면 모를까 합공을 한다면 감당하기 쉽지 않을 것 같다.]

[루외루는 루외루라는 건가? 경천검혼만으로도 버거운데. 젠장, 우리가 너무 쉽게 생각했다. 혼자 움직일 리가 없었을 텐데.]

당혹스런 마음으로 전음을 나누던 안궁과 하도해의 고개가 동시에 돌아갔다.

"너!"

안궁과 하도해의 눈이 휘둥그레졌다.

어느새 그들 뒤에 나타난 단우린이 빙긋 웃으며 말했다.

"도저히 걱정이 돼서 안 되겠더라고. 그런데 내 생각이 맞았네."

단우린은 아마도 자신의 상대가 되리라 예상되는 중년인을 힐끗 바라보며 한숨을 내쉬었다.

"저 아저씨도 엄청 강해 보이네."

안궁의 어깨너머 진유검을 향해 접근하는 묵첩파 일행을 본 갈천상이 약간은 조급한 표정으로 입을 열었다.

"물러나라. 그러면 살 수 있다."

갈천상이 무심한 말에 두 호법이 깜짝 놀란 얼굴로 갈천상을 바라보았다.

평소라면 있을 수 없는 일이었다.

하나, 갈천상은 눈앞의 적들이 결코 만만한 상대가 아니라는 것을 느끼고 있었다.

상대하자면 못할 것도 없었고 능히 이기리라 자신도 있었지만 진유검과의 싸움을 앞두고 힘을 아끼고 싶었던 그는 가능하면 싸움을 피하고 싶었다.

묵첩파 일행에게 시달리기 전, 충분한 힘을 지니고 있는 진유검과 제대로 검을 맞대 보고 싶었기 때문이었다.

갈천상의 나름 배려(?) 섞인 말에 안궁과 하도해는 오히려 분기탱천했다.

"내가 한다."

안궁이 선수를 쳤다.

낭패스런 표정을 지은 하도해가 도총을 가리키며 말했다.

"영감은 내가."

단우린의 말이 곧바로 이어졌다.

"아저씨는 나하고."

서로 주고받듯 내던지는 말에 갈천상과 호법들의 눈가에 살기가 일었다.

이쯤 되면 피하고 싶어도 피할 수가 없는 것이다.

62장

절대자(絶對者)

"흐음, 많이들 납시었군."

진유검이 천천히 무너져 내리는 거구의 중년인을 가벼운 발길질로 묵첩파에게 날려 보내며 웃었다.

야수궁의 수뇌들은 자신들 발아래에 나뒹구는 거구의 중년인이 거웅족의 차기 족장이자 절정의 외문기공을 익힌, 게다가 힘만큼은 야수궁 최고를 자랑하는 패륵임을 확인하곤 놀라움을 감추지 못했다.

땅바닥에서 꿈틀대는 패륵을 못마땅한 듯 쳐다보는 묵첩파의 곁으로 패륵만큼이나 큰 몸짓을 지닌 노인이 달려왔다.

비 오듯 흘리는 땀방울, 호피로 만든 의복은 이미 갈가리 찢어졌고 곳곳에 입은 상처에서 피가 줄줄 흘러나오고 있었다.

"궁주님!"

거웅족장 패망이 죄를 지은 표정으로 고개를 숙였다.

"그런 표정 지을 것 없어. 족장의 잘못이 아니라 저놈이 징그럽게 강한 거니까."

묵첩파가 '궁주'라는 단어에 눈빛을 빛내고 있는 진유검을 가리키며 말했다.

"놈은 우리가 잡을 테니까 족장은 방해가 없도록만 막아."

묵첩파의 시선이 임소한과 여우희에게 향하는 것을 본 패망이 주먹으로 가슴을 꽝 치며 말했다.

"죽음으로써 명을 받들겠습니다."

각오를 다진 패망이 물러나자 묵첩파가 여유로운 웃음을 지으며 진유검을 향해 다가갔다.

"네놈이 수호령주로군."

진유검의 입술이 가볍게 비틀려졌다.

"그러는 네놈은 야수궁의 궁주겠고."

오는 말이 곱지 않으니 가는 말도 자연히 곱지 않았다.

묵첩파는 진유검의 대꾸에 별다른 반응을 보이진 않았지만 묵첩파를 따르는 이들은 그렇지 않았다.

그들은 진유검을 향해 찢어질듯 눈을 부릅뜨며 금방이라도 잡아먹을 듯 살기를 풀풀 풍겼다.

다만 묵첩파 명이 없었기에 아무도 함부로 나서지 못했다.

"끝까지 발악을 하는 것이 좋을 거야. 네놈이 쓰러지면 여기 있는 모두가 죽을 테니까."

묵첩파가 친근한 웃음을 흘리며 말했다.

"누가 발악을 해야 하는지는 두고 보면 알겠지. 뭐, 그렇다고 해도 난 모두를 죽일 생각은 없다."

진유검이 잠시 말을 끊고 묵첩파와 수하들을 살펴보았다.

"대신 여기 있는 놈들은 모두 죽는다."

진유검의 전신에서 피어오른 스산한 기운이 주변을 휘감을 때 묵첩파가 한 걸음 나섰다.

"서로의 각오를 밝히는 것을 이쯤으로 하고."

묵첩파의 두툼한 손이 살짝 치켜 올라갔다.

"그럼 시작해 볼까?"

"언제든지."

진유검의 입가에 진하디진한 살소가 지어졌다.

"호오! 제법이구나."

흥미로운 눈으로 싸움을 지켜보고 있던 단우 노야의 입에서 탄성이 흘러나왔다.

그의 시선이 머무는 곳에 독고무와 묵첩파의 호위대장 옹니가 치열한 격전을 펼치고 있었다.

"예, 정말 대단한데요. 천마신교를 본인의 실력이 아니라 전적으로 수호령주의 도움 덕분에 되찾았다는 소문은 확실히 헛소문에 불과해 보입니다."

인요후가 맹렬히 공격을 퍼부으며 옹니를 압박하는 독고무에게 시선을 떼지 못하고 말했다.

"맞서는 자의 실력도 상당한데 저렇게까지 일방적으로 몰아칠 수 있다는 것이 놀랍습니다."

석파행의 말에 단우 노야가 살짝 미소를 지으며 물었다.

"너희와 비교해 어떤 것 같으냐?"

단우 노야의 질문에 제자들은 서로의 눈치를 살피며 대답하지 못했다.

"묻지 않느냐? 너희와 비교해 어떠냐고."

단우 노야가 재차 묻자 석파행이 조심스럽게 대답했다.

"직접 상대를 해봐야 정확히 알겠지만 지금 드러난 실력만으로도 솔직히 저희가 역부족일 것 같습니다."

"역부족이 아니라 상대가 되지 않는다. 냉정히 평가하자면 너희는 저 녀석과의 싸움도 버겁지 싶다."

단우 노야가 독고무의 공격에 필사적으로 버티고 있는 옹니를 가리켰다.

순간, 제자들의 안색이 확 변했지만 뭐라 반박을 하지 못했다.

다른 것은 몰라도 이런 식의 비교만큼은 단우 노야가 누구보다 냉정하고 정확하다는 것을 알기 때문이다.

"검성과 비교해선 어떻습니까?"

석파행이 물었다.

"글쎄다. 그건 노부 또한 예측하기 힘들구나. 다만 약할 것 같지는 않다."

그것만으로도 석파행은 놀라지 않을 수 없었다.

사부가 인정할 정도의 고수가 검성이었고 직접 그 실력을 확인도 했다.

그런 검성과 비교해 약할 것 같지 않다면 사형제들 사이에서도 독고무와 상대할 수 있는 자가 거의 없다는 말과 다르지 않았다.

"어쨌든 저 정도 고수를 수호령주가 아닌 천마신교 교주에게 보냈다는 것은 수호령주를 확실히 고립시키겠다는 의도일 텐데 아무래도 작전은 실패로 돌아갈 것 같구나. 야수궁에서도 천마신교 교주의 실력을 제대로 파악을 하지 못한 것 같다. 그리고 또 하나 예상치 못한 놈들이 바로 저놈들이겠지."

단우 노야가 또 다른 전장으로 고개를 돌렸다.

그곳은 독고무와 옹니보다 더욱 치열한 싸움이 벌어지고 있었다.

"확실히 경천검혼은 강하군요. 안궁 사제가 다소 밀리는 느낌입니다."

석파행의 말에 단우 노야가 코웃음을 쳤다.

"다소 밀리는 것이 아니라 애당초 상대가 되지 않는 것이다. 도해가 빨리 도움을 주지 못하면 반각을 버티기 힘들 것이야."

석파행이 도총과 격전을 벌이고 있는 하도해를 바라보며 고개를 끄덕였다.

"이길 수는 있을 것 같지만 빨리 끝날 것 같지가 않군요. 오히려 사제보단 뭔가 노림수가 있어 보이는 린아가 싸움을 빨리 끝낼 것 같습니다."

"그래, 지난번에 보았을 때보다 실력이 많이 늘긴 했다. 흠, 아마도 상대의 방심을 유도하여 봉황익(鳳凰翼)을 펼치려는 모양이다."

단우 노야가 흐뭇한, 한편으론 흥미로운 표정으로 단우

린의 움직임을 살폈다.

단우 노야의 말이 끝나기가 무섭게 다소 밋밋하던 단우린의 동작이 갑자기 빨라지기 시작했다.

단우린이 번개 같은 몸놀림으로 중년인의 공격을 회피하며 가슴을 파고든 후, 눈 깜짝할 사이에 열여덟 번의 권격을 날리는 것을 보며 석파행은 물론이고 나머지 제자들 역시 입을 쩍 벌리고 말았다.

특히 대미를 장식한, 중년인의 가슴팍을 완전히 짓뭉개 버린 발차기는 봉황이 날개를 활짝 펴고 하늘로 날아오르는 것처럼 화려했다.

"봉황익을 제대로 익혔구나."

단우 노야는 흡족한 미소와 함께 미련없이 고개를 돌렸다.

안궁이 경천검혼에게 크게 밀리고는 있었으나 단우린이 예상보다 훨씬 빠르게 승리를 거둠으로써 더 이상 걱정할 이유가 없다는 태도였다.

"자, 이제 어찌할 테냐? 경천검혼은 발이 묶였고 오히려 발이 묶여 있어야 할 천마신교의 교주는 곧 족쇄를 풀고 나올 텐데 말이다."

단우 노야가 아직 싸움에는 참여하고 있지 않은 묵첩파를 가만히 지켜보며 중얼거렸다.

"굳이 문제는 없을 것 같습니다."

진유검의 싸움에 지대한 관심을 가지고 지켜보았던 마참이 조심스레 말했다.

"어째서?"

"묵 사형이 움직이지 않는 상황에서도 수호령주는 야수궁 수뇌들의 협공을 감당하지 못하는 듯 보입니다. 뭐, 워낙 몸놀림이 빨라 쉽게 당할 것 같지는 않습니다만 그렇다고 이겨낼 수 있을 것 같지도 않습니다. 지금은 지켜만 보고 있는 묵 사형이 본격적으로 손을 쓴다면 더욱 암담한 상황으로 몰릴 것이라 예측됩니다."

마참과 함께 수호령주를 살피고 있던 나호헌이 동의를 하면서도 약간은 다른 의견을 피력했다.

"그렇긴 한데 그것만으로도 대단한 것 아냐? 지금 수호령주를 합공하는 자들의 면면을 보면 솔직히 우리보다 확실히 떨어진다고 생각되는 자들은 두엇에 불과할 것 같다. 당금 천하에 그런 고수 일곱의 합공을 받고 버틸 수 있는 사람이 과연 있을까? 나 역시 수호령주가 이길 수 없는 싸움이라고 생각은 하지만 실력만큼은 정말 대단하다고 본다. 천하제일인이라는 말이 호사가들의 헛소리만은 아니라는 생각이야."

"그럴 수도 있겠네."

마참이 별다른 반박 없이 고개를 끄덕였다.

"너희는 어찌 생각하느냐?"

단우 노야가 석파행과 인요후에게 물었다.

"녀석들 말이 맞는 것 같은데요. 다만 천마신교 교주의 발목을 잡으려는 시도가 실패로 돌아간 것이 조금 우려가 됩니다. 사부님 말씀대로 천마신교 교주의 실력이 검성과 버금간다면 묵 사형도 감당하지 못할 가능성이 높다는 것인데 그렇다면 전체적인 승부 또한 예측할 수 없을 테니까요. 결국 수호령주가 천마신교 교주가 지원을 올 때까지 버틸 수 있느냐가 이번 싸움의 관건인 것 같습니다."

인요후가 평소와는 달리 제법 진중한 표정으로 전황을 분석했다.

자신만만해하는 인요후와는 달리 석파행의 표정은 어딘지 모르게 묘했다.

그런 석파행을 보며 단우 노야의 입가에 의미심장한 미소가 지어졌다.

"너는 어째서 말이 없느냐? 이놈들과 같은 생각이냐?"

"잘 모르겠습니다."

석파행이 자신 없다는 듯 고개를 흔들었다.

"잘 모르다니?"

"눈으로 보이는 대로 말씀드리자면 사제들의 의견과 크

게 다르지 않습니다. 확실히 수호령주는 강해 보입니다. 일전에 사부님께 정면으로 도전했던 검성보다도 훨씬 더요. 하지만 확실히 저들 모두를 압도할 만하다는 느낌은 들지 않습니다. 지금은 잘 버티고 있지만 묵 사형이 싸움에 참여하면 전세가 확 기울 것이라 봅니다."

"결국 같은 말이구나."

"아닙니다."

석파행이 황급히 고개를 젓고는 한숨과 함께 말을 이었다.

"그럼에도 불구하고 수호령주를 보고 있노라면 이상하게 기분이 묘해집니다. 알 수 없는 불안감도 느껴지고요. 어쩌면 저리 밀리고 있는 모습이 본모습이 아닐 수도 있다는 생각도 듭니다."

"그게 무슨 말입니까, 본모습이 아니라니?"

인요후가 어이가 없다는 표정으로 되물었다.

"그러니까 잘 모르겠다고. 다만 저자를 보고 있노라면 어찌 된 것인지 마치 이웃 동네 큰형이 아이들의 공세에 장단을 맞춰주고 있는 광경이 떠오른단 말이다."

자신이 말을 해놓고도 한심하다고 여긴 것인지 석파행이 고개를 절레절레 흔들었다.

"말도 안 되는 소리 마쇼. 저만한 고수들을 상대하면서 실력을 숨긴다는 것이 말이 됩니까? 그만한 실력자라면 천하에 단 한 명뿐일 겁니다."

제자들의 눈이 일제히 단우 노야에게 향했다.

"사부님, 사부님이라면 저들의 포위 공격을 간단하게 무력화시키실 수 있지 않습니까?"

인요후가 목청을 높이며 물었다.

"물론이다."

마치 질문을 예상이라도 했다는 듯 단우 노야는 잠깐의 머뭇거림도 없이 대답했다.

"묵 사형이 포함되어도……."

"상관없다. 들개 무리에 늑대 한 마리가 끼어 있다고 해도 어차피 개떼에 불과할 뿐이야. 호랑이가 두려워할 이유는 없는 것이지."

일체의 의문도 존재하지 않는 절대적인 확신에 질문을 한 인요후는 물론이고 나머지 제자들까지 존경 어린 눈빛으로 단우 노야를 바라보았다.

"들었지요. 저만한 합공을 감당하려면 적어도 사부 정도는 되어야 가능……."

"한심하긴."

석파행을 돌아보며 떠들던 인요후의 목소리는 단우 노야의 음성에 끊어졌다.

"파행을 제외하곤 네놈들의 눈은 모두 썩어문드러진 동태눈에 불과하구나."

단우 노야의 갑작스런 호통을 이해하지 못한 제자들은 그저 멍하니 두 눈만 끔뻑거렸다.

"저 모습을 보고도 수호령주의 실력을 제대로 알아보지 못하고 있으니 동태눈이 아니고 무엇이냔 말이다."

"대단한 것은 인정합니다. 다만 무림에 퍼진 소문만큼은 아니라는……."

인요후가 단우 노야의 눈치를 보며 말끝을 흐렸다.

"그러니까 동태눈이라는 것이다. 어찌하면 그런 생각을 할 수 있는지 그저 놀라울 뿐이야. 한심하기 짝이 없는 녀석들 같으니."

"우리가 보지 못하는 뭔가가 있는 것입니까?"

"당연하다. 명색이 야수궁의 궁주라는 놈이 저리 진땀을 빼며 싸움을 지켜보는 것이 그것을 증명하고 있지 않느냐?"

"진땀을 빼는 것이 아니라 굳이 싸움에 개입하지 않아도 이길 수 있다고 여기는 것 아닙니까?"

인요후가 약간은 불만 어린 음성으로 되물었다.

"멍청하기는 해도 네놈들 사형이 그 정도도 못 알아볼 만큼 한심하지는 않다."

못마땅한 눈빛으로 제자들을 둘러본 단우 노야가 혀를 차며 말을 이었다.

"이제 이 사부의 말을 이해할 수 있을 것이다. 녀석이 제대로 할 생각인 것 같으니 말이다."

단우 노야의 말을 기점으로 지금껏 수세적이었던 진유검의 움직임이 서서히 공세로 전환되기 시작했다.

눈으로 보여지는 변화는 크게 달라지지 않았지만 전해지는 분위기는 이전과 비할 바가 아니었다.

인요후 등이 자신들의 판단에 극심한 혼란을 느끼고 있을때 단우 노야가 달구지에서 벌떡 일어났다.

"아무래도 안 되겠다. 저만 잘난 줄 아는 멍청한 놈이긴 해도 그래도 눈앞에서 제자가 당하는 꼴을 볼 수야 없는 노릇이니."

달구지에서 뛰어내린 단우 노야갸 전장을 향해 걸음을 옮기자 제자들 역시 황급히 걸음을 놀렸다.

한데 단우 노야는 진유검에게 직접 가지 않았다.

그의 발걸음이 향하는 곳은 엉뚱하게도 옹니를 강하게 몰아치고 있는 독고무 쪽이었다.

"사부님, 어째서 수호령주가 아니라 저자에게 가는 것입니까?"

석파행이 조심스레 물었다.

"흥미가 생겼다. 더불어 놈에게 주는 선물이 될 수도 있을 것 같고."

선물의 의미를 모를 제자들이 아니었기에 다들 흠칫한 얼굴로 서로를 바라보며 조용히 고개를 끄덕였다.

"크으으."

야수궁주 묵첩파의 호위대장이자 궁주를 제외하곤 아무도 그의 진정한 실력을 모른다는 옹니의 입에서 고통스런 신음이 흘러나왔다.

구릿빛의 강인한 육체는 이미 철저하게 망가져 푸줏간에 걸린 고깃덩어리처럼 변했고 숨을 내뱉을 때마다 칠공에서 흘러나오는 핏줄기는 그의 목숨이 얼마 남지 않았음을 말해주고 있었다.

그럼에도 그의 투혼은 조금도 사그라들지 않았다.

무기를 잃으면 두 손으로, 그 손마저 잃으면 몸을 부딪쳐서라도 독고무의 발걸음을 붙잡아 놔야 했다.

그것이 그에게 내려진, 야수궁의 승리를 위해 목숨을 버려서라도 반드시 해내야 하는 임무였다.

하지만 그런 투혼만으로 버티기엔 독고무의 실력은 너무도 막강했다.

옹니가 야수궁에서 둘째가라면 서러워할 뛰어난 고수임

260 천산루

은 틀림없었지만 천마수를 얻은 이후, 단순히 각성을 했다는 말로도 설명되지 않을 정도로 엄청난 발전을 이룬 독고무의 무위는 천하에 그 누구와 견주어도 부족하지 않을 만큼 대단했다.

"투혼만큼은 인정해 주지."

비틀거리며 일어선 옹니가 손에 든 무기를 버리지 않고 여전히 사그라들지 않는 전의를 드러내자 독고무도 그의 의지를 인정해 주었다.

"그렇다고 자비를 기대하진 마라."

그동안 얼마나 많은 천마신교의 제자가 야수궁의 공격에 목숨을 잃었던가.

성소인 십마대산은 철저하게 유린되어 옛 모습을 찾을 길이 없다는 말까지 전해질 정도였다.

독고무의 싸늘한 눈동자엔 일말의 동정이나 연민이 존재하지 않았다.

독고무는 천마멸강수로 옹니의 마지막 의지가 담긴 공격을 간단히 무력화시키고 천마수로 그의 가슴을 꿰뚫었다.

"컥!"

옹니의 입에서 단말마의 비명이 터져 나오고 찢어질듯 부릅 떠진 눈과 쩍 벌어진 입에서 핏물이 줄줄 흘러내렸다.

옹니의 가슴을 꿰뚫고 그의 심장을 움켜쥔 천마수가 다

시금 모습을 드러내자 옹니의 신형이 힘없이 무너져 내렸다.

독고무는 승리를 만끽하듯 오만한 자세로 발아래 나뒹구는 옹니의 모습을 지켜보았다.

바로 그때였다.

"재밌는 물건을 지니고 있구나."

독고무의 신형이 순간적으로 튕겨져 나갔다.

재빨리 몸을 돌린 그의 얼굴은 경악으로 일그러졌고 두 눈은 불신의 빛으로 가득했다.

'대, 대체 언제?'

독고무는 조금 전, 옹니의 죽음을 지켜보던 곳에 서 있는 단우 노야를 바라보며 침을 꿀꺽 삼켰다.

"들어본 적이 있는 것 같구나. 그것이 바로 취혼, 아니, 천마수더냐?"

단우 노야의 말에 독고무는 자신도 모르게 천마수를 향해 시선을 움직였다.

"누, 누구시오?"

독고무가 긴장된 어투로 물었다.

만약 전풍이 봤다면 서쪽에서 해가 뜬 거 아니냐며 놀릴 정도로 정중한 태도였다.

"글쎄다. 그냥 저놈들과 관계가 있다고만 해두자꾸나."

단우 노야가 귀찮다는 듯 손가락을 휙 흔들었다.

정확히 언급을 한 것은 아니나 독고무는 단우 노야가 야수궁과 연관된 인물임을 확신했다.

애당초 그들과 연관된 자가 아니라면 자신의 앞에 나타날 이유가 없을 터였다.

'어디서 이런 고수가 나왔단 말이냐?'

단우 노야를 살피는 독고무의 등줄기에서 식은땀이 흘러내렸다.

겉으론 평범하기 짝이 없는 단구의 노인이었지만 보면 볼수록 거대하게 다가왔다. 일신에 지닌 힘은 가늠조차 되지 않았다.

뭔지 모를 거대한 벽, 태산 같은 중압감이 전신을 옥죄는 기분이 들었다.

무극혼류공을 대성하고 천마수를 얻은 이후, 진유검을 제외하곤 천하의 그 누구와 상대를 해도 지지 않을 자신이 있었던 자신감마저 무너져 내렸다.

'이런 느낌은 오직 유검에게서만 받았던 것이다. 하면 이 노인이 유검과 버금가는 고수란 말인가!'

자문을 던진 독고무가 거칠게 머리를 흔들었다.

그가 아는 한 진유검은 어떤 말로도 설명이 되지 않는 괴물이었다.

'이런 상황에서 무슨 쓸데없는 생각을!

독고무가 입술을 꽉 깨물었다.

지금 중요한 것은 실력이 가늠조차 되지 않는 막강한 상대가 자신의 앞을 가로막았다는 것.

이는 곧 자신의 위기요, 야수궁 수뇌들의 포위 공격을 받고 있는 진유검의 위기였으며 나아가 모든 이의 위기였다.

독고무는 침착히 눈을 감고 흐트러진 평정심을 회복하고자 노력했다.

잠시 후, 무겁게 감겼던 눈이 떠지고 독고무의 전신에서 무시무시한 살기가 뿜어져 나왔다.

위기감 속에서 피어난 투기는 단우 노야마저 눈빛을 달리할 정도로 대단했다.

"이처럼 훌륭한 씨앗감이라니. 아니, 이미 열매를 맺었다고 해도 과언이 아니로구나! 그 어떤 열매보다 크고 아름다운 열매로고!"

단우 노야의 입에서 절로 탄성이 터져 나왔다.

반짝거리는 눈동자 깊은 곳에 섬뜩한 욕망이 피어올랐다.

"닥쳐랏! 늙은이!"

벼락같이 외친 독고무가 군림도를 움직였다.

단우 노야갸 손을 뻗었다.

아무렇게나 굴러다니던 철검이 그의 손에 빨려 들어갔고 동시에 독고무가 휘두른 군림도와 단우 노야의 손에 들린 철검이 격렬하게 부딪쳤다.

꽈꽈꽈쾅!

그 어떤 전장에서 일어난 것보다 강력한 충돌음과 충격파가 사방을 휩쓸었다.

*   *   *

진유검의 이마에 굵은 주름이 잡혔다.

언제부터인지 그는 묘한 불안감에 사로잡혀 있었다.

그것이 전장에 도착했을 때부터인지 아니면 그 이후 본격적인 싸움을 하면서부터인지는 정확하게 파악을 할 수는 없지만 전신의 감각들이 그 자신도 의식하지 못하는 사이 잘 벼린 칼처럼 날카로운 긴장감을 유지한 것이다.

덕분에 단우 노야가 묵첩파를 돕기 위해 전장으로 움직인 순간, 진유검은 곧바로 그의 존재를 인식했고 자신을 괴롭혔던 불안감의 실체를 파악할 수 있었다.

새롭게 모습을 드러낸 적의 존재감은 엄청났다.

상당한 거리가 있음에도 전신의 세포 하나하나가 그의 움직임에 반응했다.

야수궁의 고수들이 맹렬히 공격을 퍼부어 댔으나 진유검의 이목은 그들이 아니라 독고무를 향해 움직이는 단우 노야에게 향해 있었다.

'녀석이 감당할 수 있을까?'

진유검은 독고무가 단우 노야의 공격을 버텨낼 수 있을지 걱정이 되었다.

어쩌면 대등한 싸움을 벌일 수도 있다는 일말의 기대감은 첫 번째 충돌 이후, 산산이 부서졌다.

혹시나 하는 마음을 품었던 자신의 어리석음을 처절하게 반성하는 진유검을 향해 납호족 족장의 반월도가 날아들었다.

눈으로 쫓기가 힘들 정도로 빠르고 날카롭게 움직인 반월도가 옆구리를 향해 파고드는 것과 동시에 사방에서 맹렬한 공격이 짓쳐 들었다.

반월도가 옆구리를 가르기 직전까기 움직임을 멈추고 있던 진유검의 신형이 갑자기 흔들렸다.

반월도에 흩날리는 옷자락이 살짝 잘려 나가고 그 잘려 나간 조각을 낚아챈 진유검이 후방을 향해 옷자락을 던졌다.

그의 손에서 떠난 옷자락은 가히 천하제일의 암기라 해도 과언은 아니었다.

날카로운 파공성을 일으키며 날아간 옷자락에 후방에서 일격을 준비하던 청사족장 융황의 어깨가 꿰뚫렸다.

신묘한 보법으로 좌우에서 밀려드는 공격을 피해낸 진유검이 융황을 향해 엄청난 속도로 이동했다.

"피해랏!"

묵첩파가 다급히 외치기도 전, 이미 자신의 위기를 직감한 융황이 필사적으로 몸을 움직였다.

하지만 어느새 코앞에 이른 검이 그의 움직임을 완벽하게 제어했다.

무사히 빠져나가긴 틀렸다고 여긴 융황이 다친 팔을 치켜세웠다.

팔 하나를 희생하여 목숨을 건지면 다행이란 생각에 모험을 한 것이나 곧바로 방향을 바꾼 진유검의 검은 융황의 팔이 아니라 머리를 날려 버렸다.

허공으로 치솟은 융황의 머리는 자신의 죽음도 의식하지 못한 표정으로 날아가 묵첩파의 발아래로 굴러떨어졌다.

"병신 같은!"

융황의 어이없는 죽음에 화가 머리끝까지 치솟은 묵첩파가 발아래로 굴러온 융황의 머리를 그대로 걷어차며 몸을 날렸다.

진유검은 정면으로 부딪치지 않고 슬쩍 몸을 빼며 묵첩

파의 공격을 가볍게 흘려 버렸다.

묵첩파가 즉시 검의 방향을 틀며 연속적인 공격을 펼쳤다.

단지 몇 걸음을 움직이는 것만으로 묵첩파의 공격을 피해낸 진유검이 곧바로 반격을 하려 할 때 뒤쪽에서 반월도가 쇄도해 들었다.

진유검이 묵첩파에게 향했던 검의 방향을 바꿨다.

꽝!

진유검의 검과 납호족장의 반월도가 허공에서 부딪치며 화려한 불꽃이 피어올랐다.

그 불꽃을 뚫고 아홉 자루의 비도가 날아들었다.

진유검은 왼손이 부드럽게 움직이고 연화장에 막힌 비도가 힘없이 튕겨져 나갔다.

묵첩파의 얼굴이 살짝 일그러졌다.

진유검의 막아낸 비도가 왼쪽 볼을 스치며 지나갔기 때문이다.

묵첩파가 자신도 모르게 움찔하는 사이, 그 틈을 노린 진유검의 검이 다시금 접근했다.

한데 묵첩파는 진유검의 공격을 무시하고 오히려 역공을 펼쳤다.

누가 보더라도 미친 짓이었으나 검을 뻗는 묵첩파의 얼

굴은 확신에 차 있었다.

묵첩파의 그런 태도를 설명이라도 하듯 조금 전에 밀려 났던 반월도와 거대한 낭아봉이 그와 진유검 사이에 끼어 들며 힘을 보탰다.

새롭게 날아든 비도도 모습을 보였다.

진유검의 왼손이 반월도를 향하자 손끝에서 발출된 지력 이 반월도와 낭아봉을 튕겨냈다.

가슴을 파고들던 비도는 진유검이 극성으로 끌어 올린 호신강기에 의해 먼지가 되어 흩어졌다.

그제야 자신의 판단에 큰 착오가 있음을 의식한 묵첩파 가 황급히 몸을 움직이며 검의 방향을 틀었지만 진유검의 공격은 그의 옆구리에 크나큰 상흔을 남기고 지나갔다.

그것이 끝이 아니었다.

묵첩파가 고통의 비명을 지르며 비틀거릴 때 진유검의 연화장이 그의 몸에 작렬했다.

퍽! 퍽! 퍽!

둔탁한 타격음과 함께 묵첩파의 몸이 그대로 나가떨어졌 다.

금강갑(金剛鉀)이라는 극상승의 호신강기가 그의 몸을 보 호했지만 진유검의 연화장은 그마저도 완벽하게 무력화시 켜 버렸다.

"으으으으!"

무려 오 장여를 날아가 처박힌 묵첩파의 입에서 고통으로 가득한 신음이 흘러나왔다.

어떻게든 몸을 수습해 보고자 필사적으로 노력을 했지만 내장이 보일 정도로 깊숙하게 베어진 옆구리에선 폭포수처럼 피가 솟구쳤고 연화장에 의해 산산조각 나버린 가슴뼈는 숨조차 제대로 쉴 수 없도록 만들었다.

고통을 이겨내지 못한 묵첩파는 일어나는 것을 포기한 채 그대로 누워 버렸다.

"병… 신 같으니!"

묵첩파의 입에서 진유검이 아닌 자신의 무능함을 자책하는 욕설이 터져 나왔다.

야수궁의 궁주이자 가장 뛰어난 고수인 묵첩파가 허무하게 쓰러지는 순간 사실상 싸움은 끝이 난 것이나 다름없었다.

야수궁의 고수들은 여전히 진유검을 포위하고 있었지만 오히려 공격을 하는 쪽은 그들이 아니라 진유검이었다.

진유검은 묵첩파를 쓰러뜨린 기세를 이어가며 연속적으로 공격을 퍼부었다.

진유검의 목표가 된, 다소 후방에서 비도를 날려 대던 암족의 대장로가 기겁하며 피하려 하였으나 섬전보다 빠르게 날아든 검은 대장로가 만들어낸 아홉 개의 잔상을 모조리 베어버린 후, 그의 목울대마저 갈라버렸다.

목을 부여잡고 비틀거리는 대장로의 눈에 불신의 빛이 일었다.

찰나의 순간에 아홉 개의 잔상을 모조리 베는 쾌검은 지금껏 들어본 적도 경험도 해보지 못한 것이었다.

생각은 이어지지 못했다.

진유검은 눈도 감지 못하고 쓰러지는 대장로의 어깨를 뛰어넘으며 연이어 검을 휘둘렀다.

단섬에 이어 폭뢰가 작렬했다.

꽈꽈꽈꽝!

진유검이 발출한 검강이 납호족장의 반월도를 한 줌 먼지로 만들어 버리고 그 주인까지 갈가리 찢어버렸다.

흑족의 족장이 낭아봉을 휘두르며 납호족장의 죽음을 막아보려 했으나 오히려 낭아봉만 잃고 진유검이 발출한 무흔지에 미간이 꿰뚫려 절명하고 말았다.

'앞으로 두 명.'

진유검이 이러지도 저러지도 못하고 있는 생존자들을 차갑게 노려보며 재차 검을 들었다.

파스슷!

날카로운 파공음과 함께 한줄기 기운이 독고무의 팔을 훑고 지나갔다.

천마수 덕분에 팔이 잘리는 것은 면했지만 천마수의 보호를 받지 못하는 팔뚝 위쪽의 상처가 제법 심했다.

그러나 곧바로 이어진 공격에 고통 따위를 느낄 여유가 없었다.

독고무는 천마보와 천마벽을 극성으로 펼치며 몸을 보호하고 천마멸강수로 반격했다.

꽈꽈꽈꽝!

단우 노야가 발출한 강기와 독고무가 혼신의 힘을 다해 펼쳐낸 기운이 격렬하게 충돌하며 사방을 휩쓸었다.

주변에 널브러져 있던 시신들, 그들이 지녔던 무기는 물론이고 아무렇게나 굴러다니던 돌멩이까지 두 사람의 충돌이 일으킨 충격파에 기대어 사방으로 비산하니 그것들 모두가 치명적인 암기가 되어 주변의 모든 것을 파괴했다.

충돌의 중심에 있던 독고무는 충돌 후에도 여전히 사그라들지 않고 이어지는 단우 노야의 기세를 해소하느라 필사적이었다.

쿵! 쿵! 쿵!

독고무가 물러날 때마다 다섯 치가 넘는 족적이 선명하게 찍혔다.

거의 십여 장을 밀리다가 군림도를 땅에 찍으며 겨우 몸의 중심을 잡은 독고무가 힘겹게 호흡을 가다듬으며 단우 노야를 바라보았다.

십 장 밖, 두자 길이의 나뭇가지를 들고 여유롭게 서 있는 단우 노야의 모습에 저절로 기운이 빠졌다.

화는커녕 헛웃음만 흘러나왔다.

독고무가 슬쩍 고개를 돌렸다.

합공을 당하고 있던 진유검은 이미 거의 모든 적을 무력화시킨 듯 마지막 남은 적을 향해 움직이고 있었다.

'조금만, 조금만 더 버티면 된다.'

몇 번의 공방 이후, 독고무는 단우 노야의 실력이 얼마나 뛰어난지 뼈저리게 느끼고 있었다.

진유검의 도움으로 나름의 깨달음을 얻고 천마수까지 얻어 과거와 비교가 되지 않을 정도로 실력을 키웠기에 망정이지 만약 무영도를 나왔을 때의 실력 그대로였다면 이미 싸늘한 시신이 되어 쓰러졌을 터였다.

"포기하려느냐?"

단우 노야가 물었다.

"……."

독고무가 침묵하자 그것을 싸움을 포기하는 의사표시로 받아들인 단우 노야가 약간은 실망한 표정으로 말했다.

"아쉽구나. 아직은 더 보여줄 것이 남은 줄 알았는데 말이다. 지금까지가 네 실력의 전부라면 결국 천마의 전설은 이뤄지지 않았다는 말도 되겠지. 그것도 아니라면 애당초 천마의 무공이라는 것이 이 정도 수준에 불과하다는 말도 될 것이고."

단우 노야의 입에서 천마조사의 전설이 언급되고 천마조사를 은근히 무시하는 말까지 이어지자 독고무의 눈빛이 달라졌다.

군림도를 움켜쥐는 손엔 잔뜩 힘이 들어갔고 단전에서 일어난 무극혼류공은 이미 전신에 힘을 불어넣기 시작했다.

독고무의 기세가 일변하자 단우 노야의 입가에 미소가 걸렸다.

고맙게도 독고무는 포기하지 않았다. 오히려 자신이 지닌 최고의 무공으로 도전을 해올 것이다.

머리에서 발끝까지 짜릿한 흥분이 밀려들었다.

단우 노야와는 반대로 패천무극도의 기수식을 취하는 독고무의 얼굴은 무거웠다.

위력만큼은 따른 것이 없었으나 한 번 시전할 때마다 워낙 막대한 내력과 심력이 소모되는 패천무극도는 그에겐 양날의 검과 마찬가지였다.

무엇보다 패천무극도로 단우 노야를 꺾을 수 있을지 확신이 서질 않았다.

'어차피 뒤는 없다.'

지금 상황으론 진유검이 달려올 때까지 버틸 방법이 없었다.

있다면 오직 패천무극도뿐. 만약 패천무극도마저 통하지 않는다면 답이 없었다.

마음을 굳힌 독고무가 군림도에 힘을 집중시키자 묵빛 기운이 군림도에서 일렁이기 시작했다.

상대를 쓰러뜨리거나 부상을 입힌다는 생각 따위는 예전에 버렸다.

지금은 그저 진유검이 달려올 때까지 버틸 수만 있다면 만족이었다.

"천폭멸!"

독고무의 입에서 힘찬 기합성이 터져 나왔다.

순간, 군림도에서 뿜어져 나온 묵빛 검강이 단우 노야를 향해 폭사되었다.

"좋구나!"

단우 노야가 흥겨운 탄성을 내뱉으며 나뭇가지로 부드럽게 원을 그렸다.

우우우웅!

여의주를 물고 등천하는 용의 포효와도 같은 웅장한 떨림과 함께 주변의 공기가 요동치며 단우 노야를 중심으로 거대한 폭풍이 몰아쳤다.

자신이 발출한 기운이 폭풍에 휘말리는 것을 본 독고무가 이를 꽉 깨물며 다시금 군림도를 휘둘렀다.

무극혼류공을 극성으로 운용하자 군림도를 통해서 뿜어져 나오는 기세는 가히 하늘을 무너뜨리고 대해를 가를 지경이었다.

"구룡탄(九龍彈)!"

낭랑한 외침과 함께 군림도에서 연속적으로 뿜어져 나온 아홉 개의 강환(罡環)이 단우 노야가 움직일 수 있는 모든 방위를 완벽하게 차단하며 짓쳐 들기 시작했다.

보는 것만으로 숨이 턱턱 막히는 광경.

단지 그뿐이었다.

단우 노야에게 독고무가 펼친 무공은 어느 정도 감탄을 자아내게 할 수는 있었지만 두려움을 줄 정도는 아니었다.

단우 노야의 나뭇가지가 살짝 움직이는 것과 동시에 강환 하나가 폭발을 일으키며 흔적도 없이 사라졌다.

그것을 시작으로 단우 노야를 노리며 쇄도하던 나머지 강환들도 연쇄적으로 폭발을 일으켰다.

꽝!

마지막 강환이 소멸했을 때 단우 노야의 몸이 처음으로 흔들렸다.

몸 곳곳엔 가벼운 상처들이 생겨났다.

아홉 개의 강환을 모조리 소멸시킨 기운이 독고무를 향해 날아들었다.

독고무가 군림도를 끌어당겨 막고자 하였으나 금모신원에 옹니, 단우 노야까지 이어진 격전, 그리고 결정적으로 패천무극도를 사용하기 위한 무리한 내력의 운용은 몸에 엄청난 무리를 가져왔다.

아니, 애당초 무리를 하지 않았다고 해도 단우 노야의 공격을 막아낼 가능성은 별로 없었다.

주인의 힘이 끊긴 군림도는 평범한 칼로 전락하고 말았다.

땅!

날카로운 금속음과 함께 군림도가 힘없이 부러졌다.

"크악!"

독고무의 입에서 외마디 비명과 함께 검붉은 핏줄기가 뿜어져 나왔다.

허리를 꺾고 연신 피를 토해내는 독고무의 얼굴에 절망감과 체념, 허탈감이 동시에 나타났다 사라졌다.

"교주님을 지켜랏!"

초조하게 싸움을 지켜보던 사도은이 목이 터져라 소리쳤다.

고독귀를 필두로 웅니가 이끈 호위대를 전멸시키며 기세를 올린 혈마대가 독고무를 지키기 위해 단우 노야에게 달려들었다.

하지만 부질없는 짓이었다.

살짝 인상을 찌푸린 단우 노야가 아무렇게나 휘두른 나뭇가지에 고독귀는 나머지 한 팔마저 힘없이 잃었고 뒤따르던 혈마대는 아무런 반항도 해보지 못한 채 추풍낙엽이 되어 쓰러졌다.

눈 깜짝할 사이에 혈마대의 절반이 목숨을 잃자 어느 누구도 단우 노야에게 대적할 엄두를 내지 못했다.

그야말로 절대적인 강함 앞에 모두의 손발이 얼어붙은 것이다.

입가에 가벼운 미소를 지은 단우 노야는 두려움과 공포가 휘감는 전장의 분위기를 만끽하며 독고무를 향해 걸어갔다.

그런데 독고무는 단우 노야를 보고 있지 않았다.

핏발선 눈이 바라보는 것은 부러진 군림도와 그 안에서 튀어나온 조그만 양피지였다.

'패, 패천무극도!'

양피지 겉에 적힌 글귀를 확인한 독고무의 손이 덜덜 떨리고 있었다.

천마신교에 남겨진 패천무극도는 모두 구초 이십칠식.

하지만 전설에 의하면 천마조사를 고금제일인으로 만들어준 패천무극도는 구초가 아니라 십이초로 이뤄졌고 사라진 마지막 삼초식이야말로 패천무극도의 정수라 했다.

사라진 삼초식을 찾기 위해 역대 교주들은 온갖 노력을 아끼지 않았으나 수백 년이 지난 지금까지 마지막 삼초식은 나타나지 않았다.

한데 바로 지금, 천마신교의 신물이라 할 수 있는 군림도가 부러지고 군림도의 주인이 죽음을 눈앞에 둔 순간에 모습을 드러낸 것이다.

'어째서 지금이냔 말이다!'

독고무는 억울해 미칠 지경이었다.

만약 조금만 더 일찍 천마조사가 남긴 패천무극도의 정수를 발견했다면 지금처럼 비참한 꼴은 당하지 않았을 것이다.

너무도 허탈한 마음에 독고무는 단우 노야가 바로 곁에까지 다가온 것은 전혀 의식하지 못했다.

그런 독고무를 보며 단우 노야는 그가 죽음 앞에서 모든 것을 내려놓았다고 여겼다.

"바람직한 자세지."

단우 노야가 독고무의 머리를 향해 천천히 손을 뻗었다.

"그런대로 여흥은 되는 싸움이었다."

부드러운 어조로 읊조린 단우 노야가 막 독고무의 목숨을 거두려는 순간이었다.

"거기까지만 하지요."

나직한 외침에 단우 노야의 손이 그대로 멈췄다.

목소리의 주인을 향해 천천히 몸을 돌리는 단우 노야의 입가엔 더없이 환한 웃음이 지어져 있었다.

"어서 오너라. 네가 수호령주더냐?"

단우 노야의 환대에 진유검은 미간을 찌푸렸다.

지금 그의 곁에 숨이 끊어지기 직전의 묵첩파가 끌려와 있었다.

노인과 묵첩파가 어떤 관계인지는 모르지만 지금 이 자리에 있다는 것만으로도 최소한의 연관은 있을 것인데 노인은 묵첩파에 대해선 신경조차 쓰지 않았다.

그것이 어떤 계획이나 가식이 아님을 느낄 수 있었기에 더욱 마음에 들지 않았다.

"진유검이라 합니다. 노인장께선⋯⋯."

"그냥 '단우'라는 성을 쓰는 노인이라 생각하면 된다."

'단우'라는 성에 진유검은 자신도 모르게 누군가를 찾아 고개를 돌렸다.

"한데 여기까지만 하자고 했더냐?"

단우 노야가 물었다.

"그렇습니다. 이미 끝난 싸움입니다. 굳이 마지막까지 손을 쓸 이유는 없다고 봅니다."

"그거야 서로의 관점이 다른 것이겠지. 노부는 쉽게 검을 들지도 않지만 검을 들었을 경우 상대를 용서를 해본 적이 없다."

단우 노야가 나뭇가지를 들어 독고무의 어개를 툭툭 건드리자 진유검의 눈빛이 차가워졌다.

진유검이 옆에 쓰러져 있는 묵첩파의 가슴을 발로 지그시 누르며 말했다.

"이자, 죽어도 상관없습니까?"

단우 노야가 고통으로 일그러진 묵첩파의 얼굴을 힐끗 살폈다.

"어차피 산송장이나 다름없는 지경이군."

"산송장이지 송장은 아니지요. 다시 묻겠습니다. 죽어도 상관없는 자입니까?"

"그러는 너는 어떠냐? 이 녀석이 죽어도 상관없느냐?"

단우 노야가 독고무의 머리에 손을 얹고 되물었다.

"제 목숨만큼이나 소중한 친우거늘 상관이 없을 리는 없지요. 만약 그리된다면 하늘에 맹세컨대 노야는 제 손에 죽을 것입니다."

진유검이 자신을 죽인다는 말을 스스럼없이 하는데도 단우 노야는 조금도 노여워하지 않았다.

"시험을 해보기 위해서라도 이 녀석의 숨통을 끊어버리고 싶구나. 하지만 네 발밑에 쓰러진 녀석을 차마 외면할 수 없는 것이니."

혀를 찬 단우 노야가 손을 뻗었다.

진유검의 발밑에 놓여 있던 묵첩파의 몸이 둥실 뜨더니 단우 노야를 향해 날아갔다.

그야말로 상상도 할 수 없는 절정의 허공섭물.

더 놀라운 것은 진유검이 묵첩파가 단우 노야에게 날아가는 것을 그대로 묵인했다는 것이다.

묵첩파가 단우 노인의 발아래에 도착한 것을 확인한 진유검은 단우 노야와 마찬가지의 수법으로 독고무를 자신의 품으로 끌어들였다.

진유검과 마찬가지로 단우 노야 역시 별다른 방해를 하지는 않았는데 다만 한 가지, 슬쩍 손을 뻗어 독고무의 손에 착용되어 있던 천마수를 가져갔다는 것이 다르다면 다른 점이었다.

"노야 정도 되는 분이 마병에 욕심을 내는 것입니까?"

진유검이 단우 노야의 손에 들린 천마수를 바라보며 비웃음을 흘렸다.

"욕심이라기보다는 확인할 것이 있어서 그랬구나. 노부가 잠시 지녔다가 곧 돌려줄 것이니 너무 타박하지 말거라. 그리고 네 친구의 목숨을 살려주는 것인데 이 정도 대가는 받아도 무방하지 않겠느냐?"

"대가는 야수궁의 궁주를 살려주는 것으로 충분하지 않겠습니까?"

"이런 놈이 뭐라고."

단우 노야가 묵첩파의 상처를 툭툭 건드리며 말을 이었다.

"그저 여러 제자 놈 중 하나일 뿐이다. 그에 반해 녀석은 너의 가장 소중한 친구가 아니더냐? 따지고 보면 노부가 많이 양보를 한 것이야."

단우 노야가 천마수를 휘휘 흔들며 말했다.

대부분의 사람은 단우 노야가 억지를 부린다고 생각하겠지만 진유검은 전혀 그렇게 생각하지 않았다.

묵첩파를 바라보는 단우 노야의 눈빛은 분명 제자를 바라보는 눈빛이 아니었다.

그저 자신과는 아무런 상관이 없는, 심지어 그가 다치거나 죽는다고 해도 전혀 개의치 않는다는 그런 눈빛이었다.

인간의 감정이라곤 전혀 느껴지지 않는 단우 노야의 눈빛에 진유검은 온몸에 소름이 돋았다.

"누굽니까, 노야는?"

진유검이 착 가라앉은 음성으로 물었다.

잠시 생각을 하던 단우 노야가 살며시 웃으며 말했다.

"절대자."

『천산루』9권에 계속…

내일을 향해 쏴라
김형석 장편 소설
FUSION FANTASTIC STORY
1만 시간의 법칙!
'성공은 1만 시간의 노력이 만든다'는 뜻이다.
그러나…
사회복지학과 복학생 수.
전공 실습으로 나간 호스피스 병동에서
미지와 조우하다.
1만 시간의 법칙?
아니, 1분의 법칙!
전무후무한 능력이 수에게 강림하다!
맨주먹 하나로 시작한 수의
인생역전이 시작된다!
www.chungeoram.com

FUSION FANTASTIC STORY
미더라 장편 소설

ODD LAWER

Devil's Balance

괴짜 변호사
악마의 저울

『즐거운 인생』 미더라 작가의
2015년 대작!

현직 변호사, 형사, 프로파일러, 범죄심리학 전문가 자문으로
현장의 생생함을 그대로 담아낸 현대 판타지!

『괴짜 변호사 : 악마의 저울』

"제가 왜 한 번도 패소한 적이 없는 줄 아십니까?"

"……"

"저는 법으로만 싸우지 않거든요."

법의 칼날 위에서 춤추는 자들과의
치열한 공방이 펼쳐진다!

우각 新무협 판타지 소설

FANTASTIC ORIENTAL HEROES

북검전기

2014년의 대미를 장식할,
작가 우각의 신작!

『십전제』, 『환영무인』, 『파멸왕』…
그리고,

『북검전기』

무협, 그 극한의 재미를 돌파했다.

북천문의 마지막 후예, 진무원.
무너진 하늘 아래 홀로 서고, 거친 바람 아래 몸을 숙였다.

살기 위해! 철저히 자신을 숨기고
약하기에! 잃을 수밖에 없었다.

심장이 두근거리는 강렬한 무(武)!
그 걷잡을 수 없는 마력이,
북검의 손 아래 펼쳐진다!

Book Publishing CHUNGEORAM

유행이 아닌 자유추구 -
WWW.chungeoram.com